U0518600

善書坊

我们的踟蹰

Our
Hesitating

弋舟　著

陕西师范大学出版总社

图书代号：WX23N1872

图书在版编目（CIP）数据

我们的踟蹰 / 弋舟著. —西安：陕西师范大学出版
总社有限公司，2024.1
　　ISBN 978-7-5695-3929-5

　　Ⅰ.①我… Ⅱ.①弋… Ⅲ.①长篇小说—中国—当代
Ⅳ.①I247.5

中国国家版本馆CIP数据核字（2023）第187839号

我 们 的 踟 蹰

WOMEN DE CHICHU

弋 舟 著

出版统筹	刘东风　郭永新
责任编辑	张　佩
责任校对	王雅琨
装帧设计	张潇伊
封面绘图	王　犁
出版发行	陕西师范大学出版总社
	（西安市长安南路199号　邮编710062）
网　　址	http://www.snupg.com
印　　刷	中煤地西安地图制印有限公司
开　　本	787 mm×1092 mm　1/32
印　　张	7.5
插　　页	4
字　　数	120千
版　　次	2024年1月第1版
印　　次	2024年1月第1次印刷
书　　号	ISBN 978-7-5695-3929-5
定　　价	49.00元

读者购书、书店添货或发现印刷装订问题，请与本公司营销部联系、调换。
电话：（029）85307864　85303629　传真：（029）85303879

目 录

上

部

一

　　李选闲极无聊，在百度上敲下曾铖的名字。她想，叫这个名字的人不会太多，没准真的就被自己搜出来了。果然，搜索页面的第一页，就冒出来她这个阔别多年的小学同学。曾铖在成都，如今成了画家。这个信息让李选有点儿欣慰，好像曾铖的现状满足了她内心的某种预期。李选隐约觉得，这个曾铖，就该是个有出息的家伙。要不将近三十年了，自己为什么还会想起他呢？小时候的曾铖，在孩子堆儿里，就是那种风头十足的，显山露水地调皮和显山露水地聪明。李选点了百度的"图片"选项，如今的曾铖和他的画儿，出现在了显示器上。画儿是油画，李选看不出好坏；但通过照片，她看出来了——这个显示器上的"曾铖"，的确就是她要搜索的那个曾铖。这个曾铖，当然不是儿童时期的曾铖了，在显示器上挂着一丝中年男人玩味着什么的笑，但定睛看，眉眼还是小时候的模样。

曾铖做了画家，人在成都。后来在一次初中同学的聚会中，李选把这个信息告诉了雷铎。雷铎和曾铖上小学时是最好的朋友，小学毕业后上了不同的中学，从此就没了音讯。初中同学聚会，一开始很热闹，但热闹之余，也有些不尴不尬。毕竟，如今每个人的境遇千差万别，再也不复当年，大家完全是平等的。所以三三两两，在大的气氛下，又划出了一些小团体，各自找各自不感到别扭的人说话。李选和雷铎从小学起就是同学，这一点似乎成为两人互相"不感到别扭"的理由。在饭桌上两人挨着坐，雷铎随口问李选知不知道曾铖的下落。李选说知道——曾铖现在是一个画家，住在成都。

　　过去了一段日子，有天夜里雷铎给李选打电话，高兴地说他联系上曾铖了，刚刚才跟曾铖通了电话。李选把儿子哄睡着没多久，正有些困，听了这话一下子也有些兴奋。雷铎告诉李选，他是通过网络找到曾铖的——在一家艺术网站，他查到了曾铖的QQ号。为了获取这个有价值的信息，他不厌其烦，在那家网站注册了会员，因为不如此，他就无法查看曾铖的资料。

　　"我在QQ上加他，没想到这小子立刻有了回音——

用了不到三秒钟！"雷锋兴冲冲地说，"我们马上通了电话！真不容易，都快三十年了！怎么样，咱们上成都看曾铖去？今晚还有到成都的飞机没？"

李选看了下表，夜里十一点多了。"你神经吧？这么晚了。干吗问我还有没有飞机？"

雷锋说："你不是在卖机票吗？上次聚会，你还叮咛我以后要买机票就找你。"

李选说："我说过吗？"

雷锋肯定地说："你说过！"

李选定定神说："哦，那可能真是说过。不过我现在不卖机票了。"

雷锋说："咦，你这人怎么朝三暮四的。"

李选怕他继续纠缠这个话题，说："怎么样，曾铖现在还好吧？"

好在雷锋的思维很跳跃，立刻又跟她说起曾铖来。"看来还不错，在大学任教，联系之前我做足了功课，在网上搜遍了跟他有关的信息。这小子如今貌似有些名气了，画儿好像也能卖上些价钱。"

李选问："那他还能记得咱们这些小学同学吗？"

雷锋说："当然。"

李选说："当然，他当然记得你，你们俩当年形影不离的，其他人就未必了。你跟他提我了没？"

雷锋说："提了，把你QQ号也告诉他了。"

李选说："他记得我不？"

雷锋如实说："他说不记得了——但是好好想想，没准就想起来了。"

李选有点儿失望。这感觉是很勉强。毕竟，大家分开快三十年了，曾铖不记得她，是完全可以理解的。但是她却记得曾铖。这就不公平了，让李选的自尊心有些受伤害。

和雷锋通完电话，李选困意全消。本来她已经准备睡下了，这时候干脆又起来打开电脑。上了QQ，果然有申请加她好友的提示。曾铖在申请中言简意赅地敲了"老同学"三个字。李选通过了他的申请，刚刚加上，曾铖就给她发过来一个表示拥抱的表情。两个人通过网络聊起来。

李选说："曾铖你不记得我了。"

曾铖说："是有些模糊。不过呢，我刚刚进了你的空间，看到你照片了，仔细瞅瞅，就想起来了。"

李选说："骗人吧？过去这么多年了，你能看张照片就想起小时候的同学？"

曾铖说："如果事先不知道这是我小学同学，估计就想不起了。但是带着这个想法去辨认，还是能够认出来的。怎么说呢，记忆一下子就被唤醒了。何况，雷锋在电话里跟我说，你是咱们同学中变化最小的。"

李选说："那你被唤醒什么了？"

曾铖说："我记得是有这么个女生，黑黑的……"

李选说："讨厌！"

曾铖说："所以看了你现在的照片，我就很惊讶，这么一个漂亮女人，怎么在我记忆里居然没扎下根？"

李选说："当然扎不下根，黑黑的嘛。"

曾铖说："就是这个反差，让我都有些怀疑自己的记忆了。你现在显然不黑呀……"

李选说："那你还敢说看到照片就想起我了？"

曾铖说："这就是奇妙之处，换了个颜色，但反而更像我应该记住的那个女生了。"

李选问："什么叫'应该记住的'？"

曾铖说："这个倒不大说得清楚了，应该算是潜意识吧，莫名其妙，就觉得应该记住这么个人，然后，自己都不察觉，却在某一天突然恍悟——心里面原本有一张这样的底片。"

李选一下子有些无语，觉得曾铖说的这种感觉自己似乎能够体会。

曾铖问："雷锋说是你告诉他我在成都的，你怎么知道的呢？"

李选说："我在网上搜出来的。"

曾铖说："怎么会想起来搜我？"

李选说："心里面原本有一张这样的底片呗。"

曾铖说："不错。可能是到岁数了，大家突然都开始忆旧了。前段时间，李兰也通过网络把我给找到了。李兰你还记得不？"

李选想了一下，说："记得，大眼睛，白，挺娇小的一个女生。"

曾铖说："对，是她。我们还见着了，她来成都办事儿，顺道聚了一下。"

李选倏忽有些不快，说："怎么样，这张底片还是当年娇小的样子吧？大眼睛，白。"

曾铖似乎在犹豫，过了一会儿才敲出"不好说"三个字。很奇怪，随着这三个字的出现，两人似乎都有些不知该说什么了。突然就有些意兴阑珊。这时候来了条短信，李选看了手机，是张立均发来的，也是只有三个字：

睡了没。

张立均难得在这个时候发短信过来，下午的时候他对李选说过，晚上要和省上的某位领导吃饭，李选想张立均现在可能是喝多了。于是回复他：

正准备睡，已经上床了。你喝多了？

结果却没了下文。

李选望着电脑上的QQ界面，一瞬间茫然起来，心思浩渺，仿佛在进行着一场无比漫长的等待，而且，还要这么无比漫长地等待下去。网络那头的曾铖，这时候也仿佛蒸发在虚拟的世界里了。他的QQ头像灰了。

李选呆愣着，有几分钟脑子里一片空白。回过些神，她想，张立均干吗发这条短信呢？嘘寒问暖？这不是张立均的风格。他从不会用这种方式来嘘寒问暖，而且，也几乎是不会用任何方式来嘘寒问暖的吧？张立均只是在公司里给李选提供一些优渥的待遇，薪水发得多些，职务升得高些——而这些，对张立均而言，不过是易如反掌的事，跟"嘘寒问暖"似乎扯不上边儿，没有那种用心的程度。况且，这些优渥的待遇，仍旧需要李选用具体的业绩来兑现。一开始，张立均就把李选纳入了很正当的职场规矩里。这倒也让李选感到心安，心里少了那种"交易"的感觉。然而实质上，李选明白，自己和张立均之间，铜铜铁铁，就是一种交易的关系。否则，凭什么她的薪水就应当多些，职务就应当高些？是她的能力格外比别人强一些吗？李选有自知之明，她知道，不是。但张立均不去强调这种关系的本质，让她获得了掩耳盗铃式的安慰感。

那么，这条深夜发来的短信，什么意思呢？——查岗？这个念头一蹦出来，李选自己都自嘲着笑了。不会的，她对自己说，张立均不会有这个兴致。交往半年多，张立均对于李选的私生活根本没有兴趣。李选作为一个单亲妈妈的所有烦恼和自由，都没有因为张立均而发生变化。甚至，在李选的感觉中，倒是有了这个男人，她的烦恼和自由反而更充分、更牢固了，成了雷打不动的烦恼和自由。烦恼就不用说了，自由呢，是因为张立均强势地存在着，用他的态度表明了——两个人各是各的事儿，我根本不管你做什么，由此，你也务必打消对于我的非分之想。这个结论挺凶狠的，李选一边享受这样的自由，一边消化个中的烦恼。

对于张立均，李选会有什么非分之想吗？八成是没有的，余下的那两成，是一个女人天性里的东西，也不用认真对待。当半年前被张立均带进酒店的客房时，李选就明白自己跟这个男人之间有多大的落差。这种落差不牵涉贵贱，是一种物理性质的，很客观，好比一个一米八的人相对于一个一米五的人。李选很自尊地想，作为一个人，她并不觉得张立均就比自己优越多少，他不过是个头高一些。张立均的个头体现在他的财富上。而我，李选想，不过是没钱，拉着个四岁的男孩，在年近不惑的时候还要为生存奋斗罢了。认清了这种落差，同时又不因此格外地自我轻视，李选觉得面对张立均时还是挺轻松的，不过是一个女人天性中的那"两成"偶尔会蹦出来作祟一下，让她像所有面对这种状况的女人一样，心生幽暗的踟蹰。

这种滋味，真的是不好说。李选在这天夜里，不经意地想着，就在键盘上敲下了：怎么不好说？这个疑问更多是在针对自己。远在成都的曾铖好像已经下线了，显示器上的QQ界面在李选眼里像一面可以用来自我审视的镜子。她空洞地凝视着。想不到曾铖的头像突然又闪烁起来，应道，我总不能跟你说人家李兰现在已经面目全非了吧。

李选收拢心思，回顾了一下刚才两个人之间的对话，问他："怎么，李兰变化有这么大吗？"

曾铖没有回答，发过来一张女人的照片。照片上的女人白皙丰腴，因为有了前面的铺垫，李选一眼认出了这个曾经的女同学。"我觉得还好啊，还有当年的影子，大眼睛，白，就是胖了一些。"

曾铖说："何止'一些'？简直是胖到令人心碎。"

李选说："这么夸张？还令人心碎？就算人家胖了，你心碎什么？"

曾铖说："你想啊，曾经那么轻的一个女生，被岁月弄成了这么重，难道不令人心碎吗？而且，这种分量的改变是跟我们同步的，由此及彼，我们就看到了我们的不堪。"

李选在心里默念着"轻、重",好像一下子掂量出了某种的确足以令人心碎的分量。"是啊,老了我们。可是你对人家的轻重也太在乎了吧?"

曾铖发过来一个表示"冷汗"的表情,说:"我们小时候谈过恋爱呢。"

李选兴奋了,说:"真的假的?瞎说吧,那时候才多大?十二三岁吧,咱们毕业那会儿?"

曾铖说:"是咱们小学毕业后的事儿。我跟李兰上了同一所中学,但不在一个班。初中毕业那年,她参军走了。走之前,突然有一天跑到我家,跟我说她喜欢我……"

李选说:"哈!说反了吧,不是你跑到李兰家跟人家说你喜欢人家吧?"

曾铖说:"还真不是。我那时候是调皮点儿,但基本没长熟,多少有点儿稀里糊涂的。"

李选说:"想不到,李兰那时候看着挺单纯的。"

曾铖说:"是单纯,而且她这么做,还是因为单纯。多少年后我想明白了,那时候,她不过是因为要离家远行，心里突然多了很多忧愁，这种情绪又没有其他渠道可以排遣，再加上多少还有些懵懂地怀春，就假想了我这么一个对象吧。"

李选说："那她怎么不去假想别人？"

曾铖说："不知道。可能我们两家住得近吧。"

李选说："跟你住得近的女生多了，我跟你住得也不远。"

曾铖说："所以当年我开门看到李兰时，还想，咦，怎么不是李选？"

李选禁不住笑起来，说："去你的，你那时候根本想不起我，我黑呗。后来呢？"

曾铖说："后来她就当兵走了，好像去了甘肃的张掖，断断续续给我写过几封信，我都没回。再后来，就杳无音讯了。"

李选说："你干吗不回人家信？"

曾铖说："那时候我也在自己的憔悴期，浑浑噩噩的，自顾不暇。"

李选问："憔悴期？"

曾铖说："青春期呗，可不就是憔悴期。"

李选突然不想就此说下去了，改口说："找到你，雷锋可兴奋了，打电话给我，立刻就要去看你的架势。"

曾铖答："我也挺激动的。当年我们俩最好，不是我去他家睡，就是他到我家睡。我也正想怎么找到他呢。这下好了，联系上了，过些天我就回西安看你们。"

李选说："别'你们'，要看你也是看雷锋还有李兰吧，你又不记得我。"

曾铖只好"嘿嘿"，说："总之西安我是经常回去的。我父母还在西安。"

李选追问一句："联系到我你激动不？"

曾铖说："激动！"

李选问："激动啥？"

曾铖说："雷锋在电话里告诉我，你嫁了个韩国人，出国生活了一段时间，现在离婚了，独自带着个男孩。"

李选一怔，心想这个雷锋怎么什么话都跟人说呢，抱怨道："真是的，他嘴怎么这么大？我这点儿事就让你激动了？"

曾铖答："也不全是为这点儿事。还是高兴，人到这岁数，找到任何小时候的伙伴，都会觉得有点儿山重水复的滋味吧。"

李选说："你别尽'这岁数'，别强调这个，我不想知道我有多老。"

曾铖说："是，你照片上还是风华正茂的样子。"

李选随手敲出"好看不？"。这几个字蹦到显示器上，她立刻就有些后悔，好像自己是有些轻浮了。一瞬间，李选想到了自己的前夫。当年，在一次朋友的聚会中他们相识了，而她疯疯癫癫，也是对这个韩国男人冒出了一句同样的话——我好看不？就是这句话，成了那场婚姻的导火索。李选是双鱼座的，据说，这个星座的人外表与骨子里都风骚。李选并不觉得表里如一的风骚有什么不好，但现在她不想让曾铖对她产生这样的感觉。

曾铖回答得好像挺诚恳，他答："好看。真的。"

李选："真什么，眼睛没李兰大，皮肤没李兰白。"

曾铖说："这些都不是我审美的指标，你要相信我的眼光。"

李选说："对了，忘了你是个画家了。"

其实，按照李选的性情，她多半是会追问：那么，以一个画家的审美，我好看在哪儿？但是她突然有些谴责自己的做派，很正经地继续说："我不爱把自己的事四处张扬，本来雷铎也不知道我离婚了，是有一个我们的中学同学，跟我关系比较好，我回国后，她张罗着给我介绍男朋友，说雷铎如今算是个富人了，身边的有钱人不少，撺掇着让雷铎给我物色一个。"

曾铖说："哈，雷铎给你物色上没？"

李选的情绪忽而消沉下去，感到困意又兜头蒙了上来。"都是玩笑，哪儿就真这么指望了。"

曾铖说："就是，你哪儿用人帮你物色。你现在正是好时候。使君从南来，五马立踟蹰，该是坐等男人上门来追求你。"

李选复制了他的话，问："使君从南来，五马立踟蹰——什么意思？"

曾铖说："汉乐府中的诗，意思是说，男人从你家门口过，难掩心痒，徘徊不去。"

李选说："去你的。别掉书袋，我基本上算文盲。你呢，还好？"

曾铖说："跟你差不多吧。"

李选说："离了？"

曾铖说："离了。"

李选在困倦中又是一阵没有来由的欣慰，好像曾铖的"跟你差不多吧"又满足了她内心的某种预期。李选隐约觉得，这个曾铖，就该是个也要离婚的家伙。

李选问："孩子多大了，男孩女孩？"

曾铖说男孩，九岁了，接着他话锋一转，让人看不出是否在开玩笑："你看李选，咱俩鳏寡孤独的，干脆凑一块儿过日子吧？"

李选说："去你的。睡了。"

两人留了彼此的手机号码，互道晚安。关了电脑，李选又去洗了洗脸，她怕电脑的辐射会损害自己的肤色。上床在儿子身边躺下后，想起曾铖最后冒出的那句话，李选不禁失笑。

二

李选把儿子送到幼儿园，来到公司已经十点了。公司是集团刚刚为新业务成立的，她被张立均任命为副总，目前工作还没有全面展开，事情不是很多，所以在这个点数走进公司，也没有引起别人太大的关注。李选进了自己的办公室，冲了包速溶咖啡，打开了电脑。

昨晚李选睡得不好，早上起来，第一个念头就是抓起手机给张立均发了条短信：昨晚喝多了？然后她才去洗漱。把自己收拾停当，接着就是招呼儿子起床。李选的儿子叫金皓，很多人都劝她，干脆让儿子随她姓好了，但她觉得这完全没有必要。她觉得，相比反复无常的生活，孩子姓什么根本不算是个问题。保姆已经做好了早餐，儿子一如既往地不好好吃。李选耐着性子用小勺给儿子喂粥，注意力全集中在儿子的嘴上。张立均电话打过来的时候，她一下子有些反应不上来。

张立均说："怎么给我发这种短信？"

李选愣怔着，说："这种短信……什么？"

张立均沉默了半晌，说："你没事吧？"

李选有了头绪，说："是你昨晚发短信过来了啊，回过去，又没了下文，所以就担心你是不是喝多了。"

张立均狐疑地问："我昨晚发你短信了？"

李选一惊："怎么？你不记得？"

张立均不作声，许久才说："下午见面说吧。"

说完他就挂机了。李选的手机还贴在脸上，一时间只是呆呆地看着儿子那张嗷嗷待哺的嘴。

　　电脑启动得有些慢，李选捧着马克杯，将转椅转向了窗外。公司在这栋写字楼的十九层，透过落地玻璃，李选可以看到环城立交桥上川流不息的车流。装在窗子里的外部世界在分秒不停地运转，这个屏幕中一样的画面让人有种戏剧性的徒劳感。办公桌离窗子有七八米的距离，阳光洒在橡木地板上，让这段距离显得分外空旷。

　　李选喝了口咖啡，转回身子，在电脑上敲下"使君从南来，五马立踟蹰"。通过百度搜索，李选读到了那首《陌上桑》。这首诗语言浅显，李选不用费太多心思也差不多看懂了。诗里讲了一则采桑女罗敷拒绝官员引诱的故事。古代女子罗敷明艳高贵，不可方物，引得某位从门前路过的太守上前调戏。"使君自有妇，罗敷自有夫"，有趣的是，罗敷并没有义正词严地去驳斥对方，她用一种近乎兴高采烈的劲头，向引诱者夸耀自己的男人，说自己的男人不但官运亨通、家财万贯，而且肤白髯美，还是个漂亮人物。

　　在李选看来，这更像是一则斗富的故事，罗敷用来抵挡诱惑的本钱，是杜撰出比诱惑者更有说服力的家底。不知为什么，李选觉得这个古代女子将自己的男人说得天花乱坠，完全是一种自我虚构。可这种虚张声势又显得俏皮可爱，远远胜过铿锵的道德说教。

李选一边喝咖啡，一边想，如果一个女人，身后有着罗敷所形容出的那个夫君，她还会被这个世界所诱惑吗？当然不，起码被诱惑的概率会大大降低。但是，又有几个女人会摊上这样的夫君呢？罗敷就没有吧，李选想，这个古代女人其实是在自吹自擂，外强中干，用一个海市蜃楼一般的丈夫抵挡汹涌的试探。没准，那位凑上来的太守灰溜溜地一走开，罗敷进屋就会哭得上气不接下气吧？这样想着，忍俊不禁，李选嘴里的咖啡差点被呛出来。就在同一刻，泪水竟涌上了眼睛。两种截然不同的情绪混杂在一起，让她不能分辨自己的泪水究竟是因何而来。她记起半年前，当她从张立均身边醒来的那个早晨。酒店房间里那种特有的整肃与单调，即使隐匿在黑暗里，也让人有种超现实的感觉。她却很难将自己的感受比喻成一个梦，因为她清楚地知道，这一切正确凿地发生着。

QQ突然叫起来，是曾铖，他问候道："早。"

李选抽出张纸巾小心地吸干眼眶中的泪水，回道："不早了。"

曾铖说："我刚起床。"

李选说："你是艺术家，跟正常人有时差。"

曾铖不作声，李选以为他忙别的事去了，开始在电脑上浏览公司的业务报表。几分钟后，曾铖突如其来地冒出一句话："我不喜欢被区别出来，我没什么不正常。"

李选可以感觉到他语气中的不快，心想这也太小题大做了，不过是一句话而已。但连她也不明白，自己怎么就生出了一些歉意："怎么，生气啦？"

曾铖说："没有。我最不愿意被人强调成艺术家什么的。"

李选说："好吧，算我没说。"

曾铖似乎是消了气，说："干吗呢？"

李选挠挠头，心想这个家伙怎么显得有些理直气壮，更奇怪的是，自己对此居然不以为忤。

她说："现在吗？刚刚学习了《陌上桑》。"

曾铖说："《陌上桑》？"

李选说："对，使君从南来，五马立踟蹰。"

曾铖恍悟道："哈！有什么心得？"

李选说："没什么心得，倒是多了疑惑。"

曾铖问："疑惑什么？"

李选说："你说，那个使君在罗敷面前踟蹰的时候，罗敷心里有没有踟蹰呢？"

曾铖想了一阵，然后才答道："我想是有的，而且可能踟蹰得更加凶猛。她的表现很夸张，竭力渲染自己有一个更棒的男人，其实心里可能很慌张，甚至是恐惧。"

李选说："恐惧？"

曾铖说："是，恐惧。小时候我常打架，这个你知道。有一次几个高年级的小子要揍我，我对他们叫嚣说，我哥可厉害了——你知道，我没哥。当时我就很恐惧，那心情，也许就是罗敷的心情。那种恐惧，比真的挨了顿揍都要强烈，因为随着我的叫嚣，我更清楚地认识到了外部力量的强大和我自身的卑微。"

李选说："嗯，我想我能理解。我也觉得罗敷是在夸大其词。不过，这让她显得挺可爱的。"

曾铖说："是啊，挺可爱的，张皇失措，无助，还要抵挡内心的魔鬼，只好给自己披挂上想象的铠甲。"

李选说："她心中的魔鬼是什么呢？"

曾铖说："简单讲，就是那种对于邪恶的向往和屈从，那种委身于诱惑的本能。这一点，我们人人都有。"

李选叹了口气："曾铖你太悲观了吧。"

曾铖发过来一张鬼脸，说："就是，我有时候自己都烦自己，总把一切往悲观去想。怎么样，睡了一晚上，我那个乐观的建议你考虑了没？"

李选问："什么建议？"

曾铖说："凑一块儿过日子咯。"

李选说："去你的。"

曾铖说："不是开玩笑，李选，你考虑一下，我现在要到你跟前踟蹰了。"

李选说："哈哈，你是使君？那我这个罗敷该怎么踟蹰才能抵挡你这个家伙？"

曾铖说："我不是使君，我没有那么威风。而且'使君自有妇，罗敷自有夫'，你我则鳏寡孤独。"

李选说："好像有点儿说服力。"

曾铖说："可不，所以李选你别踟蹰。"

李选突然觉得这个曾铖此刻是严肃的。这种感觉很微妙，尽管两个人是在虚拟的世界里交谈着，但李选总觉得曾铖就在眼前，甚至触手可及，他的表情、语气，乃至内心的态度，都可以被她觉察。李选晃晃头，说：

"曾铖别开玩笑了。我现在伤不起。"

敲出这些字的时候，李选感到自己也是严肃的了，好像很自然，就对曾铖打开了心扉。

曾铖说："我没开玩笑。"

李选说："快三十年没见了，咱们差不多就是两个陌生人。"

曾铖说："你觉得咱们是两个陌生人吗？"

李选认真想了想，如实说："嗯，好像又不是……"

曾铖说："你看。我也觉得不是，这种事情不讲道理的，我就觉得可以跟这个李选相爱，在这个感觉上，我少有的乐观。"

李选吁了口气："你也太容易爱了。"

曾铖说："谁说的，我爱的不容易。况且，容易爱也不是一件羞耻的事。"

李选想这个曾铖的确跟正常人不一样，好像有些神经质——不过，似乎神经质得并不令人反感（反而还有些可爱？）。

曾铖又说："我乐观一次不容易，你好好考虑啊，我下了，要出门办事儿。"

李选本来还想说下去，问问他"那你爱我什么啊？"，现在只好飞快地打出"88"。

下午李选如期去了尔雅茶舍。这家茶舍和集团的总部在一个楼上，也是集团的产业，没指望赢利，几乎就是为张立均一个人开的。张立均每天下午三点钟都会去喝一个小时左右的茶。有时候他打电话给李选，让李选过去陪他坐一会儿。

李选进去的时候张立均已经到了，偌大的一间雅室里堆满了他搜集来的瓶瓶罐罐，置身其间，即使穿着件颜色很艳丽的橘色毛衣，也令他看起来仿佛是刚刚出土的一样。午后的阳光很好，光线中能够看到飞舞的尘埃。茶已经泡好了。张立均的是六安瓜片。李选的是祁红——这是她第一次陪张立均喝茶时点的，从那以后，张立均就不再征求她的意见，按部就班，永远让她喝着祁红了。

李选坐在张立均的对面，中间隔着一张花梨木的根雕茶台。张立均饮了口茶，眼睛盯着手中的白瓷茶杯，问她，下半月能走开吗？李选说，应该可以，现在用的这个保姆还算不错。张立均点点头道，那你准备一下，公司代理的新产品需要去学习相关的技术，你去趟上海吧。李选说，好，我把家里安顿一下。随后张立均就没话了，专心地品茶。李选也不作声，安静地喝着自己的祁红。

终于，张立均开口说："短信是怎么回事？"

李选说："昨天夜里我接到你一条短信。"

张立均说："我没有给你发短信。"

李选从包里摸出自己的手机，调出那条短信，将手机递了过去。张立均接在手里，扫了一眼，又递了回来。他问道：

"你怎么回的？"

李选用一种竭力死记硬背的态度复述道："正准备睡，已经上床了。你喝多了？"

她甚至有将标点符号也复述出来的冲动。

张立均说："喏，我没收到。起码现在我的手机上没有这条短信。"

他是什么意思呢？他说"现在"没有，是否意味着他并不否认"曾经"有过？李选默默想着这件事情的来龙去脉，结论是：张立均的那部手机昨夜的确给她发过一条短信，而且，也收到过她回复的短信。

睡了没。
正准备睡，已经上床了。你喝多了？

但是，发送与接收这两条信息的人，不是张立均。而且，这个人之后删除了痕迹。这意味着，昨天夜里，张立均的手机一度在另一个人的手里。这个人，是谁？李选依然平静地喝着茶，但是内心分明有着电流经过一般的动荡。她垂着头，但感觉到了，对面的张立均正在观察她。

张立均打破了沉默："以后不要随便给我发短信。"

"随便"这个词听起来很刺耳。李选嗅着茶香，平静地说："我只是回了你的短信。"

张立均说："你应该看出来，那条短信不是我发的。"

他的口气很古怪，像是在着意强调什么，又像是某种启发。李选想，他要启发我什么呢？无外乎是要让我知道他的手机被某个人短暂地操控着吧，这是显而易见的，莫非，他是在启发我对那个人展开联想？那么，那是一个什么人呢？女人？他妻子？甚至一个杀手？李选不易觉察地笑了笑。这个神秘的人，为什么要用他的手机给我发送那样一条短信？试探吗？李选想，如果是试探，那么对方对于她也是没有定论的吧，不知道她是谁，但是已经有所怀疑……李选既有些微微的激动，又感到了某种叵测的不安。

李选吃力地、近乎呢喃般地问："那么，你知道是谁发的吗？"

张立均笑了一声，似乎是松了口气。但是他却没有回答李选，而是说起另外一个话题了："知道我第一次见到你时，是什么感觉吗？"

李选依然陷在前面的情绪里不能自拔，她漠然地摇摇头。

张立均把身子向后靠了下去，慢慢地说："当时你带着儿子，脸上显然有些浮肿，眼线没有画均匀，鞋子上也有泥巴。"

李选抬头看他。他背光坐着，身后是一面巨大的玻璃窗。窗外的天空一片瓦蓝。当李选视觉的焦点向他的脸上聚拢时，仿佛立刻被一个黑洞吞噬了。她看不清他。

张立均顿了顿，接着说："我当时在想，是什么人，是谁，把这个女人弄成这样了。"

李选感到自己战栗起来。强烈的羞辱感让她感到了痛苦。她觉得眼前这个男人在羞辱她。那时候她在朋友的旅行社上班，朋友很细致，考虑到她的处境，只让她做些销售机票的轻松活儿，而且还允许她天天带着儿子去工作。

李选说："你觉得我很丑吧……"

张立均说："不是丑，是憔悴。"

李选下意识重复一句"憔悴"，她想起了曾铖的话——憔悴期。曾铖用这个词指称青春期，李选想，半年前那个"憔悴"的自己，却绝不是在青春期里——刚刚办理完离婚手续，因为是跨国婚姻，手续烦琐无比，她不得不往韩国飞了几个来回；只身带着儿子住在父亲家里，几乎天天要和父亲弄出些不愉快，以致父亲突然离家出走了……

李选说："对于一个女人，憔悴就意味着丑。"

张立均纠正道："不是，对于一个漂亮女人，憔悴意味着美。"

李选笑笑："那我是瞎猫碰着死耗子了——我并不是故意要憔悴给你看。"

张立均说："我知道，憔悴这种样子是装不出来的。"

当初去见张立均，李选完全是为了缓和自己与父亲的关系。她父亲离职前是市政公司的领导，张立均事业起步之初主要和市政公司做生意，得到过李选父亲的照应。父亲让李选去张立均的公司就职，李选自己不大情愿。她觉得在朋友的旅行社卖卖机票，凑合着，也能过下去。那时候的李选，几乎已经接受了人生"憔悴"的基调。但父亲看不得她就这么"憔悴"下去，要她积极起来。从小李选和父亲之间的关系就很紧张，她母亲身体不好，李选的情感更多寄托在母亲身上。李选三十岁的时候，母亲去世了，父亲有意再娶，性格倔强的李选就成了障碍——这也成为李选远嫁韩国的潜在原因之一。她要离开自己的家，给父亲腾出重新生活的空间。本来这个认识并不是格外强烈，但是她又回来了，带着个儿子，一副"憔悴"的样子，这让她不免要将自己的遭遇部分地归咎于父亲。于是，父女俩的关系更是水火难容。

李选去了韩国，她父亲倒是没有再娶，只和那位心仪的妇女常年保持着关系，李选回来了，父女俩实在处不下去，做父亲的干脆离家出走，拎了几件换洗的衣服搬到那位妇女家住。可是没过多久，父亲又拎着自己的衣服回来了——暴躁的脾气让他跟谁都难以长期和平共处。好像是给自己去而复归开出的一个条件，父亲气哼哼地要求李选到张立均的公司就职，他说，你看你现在成什么样子了！父亲说这话的时候，李选正绕着儿子拖地，儿子坐在卫生间外面的地板上堆积木，周围一圈面包屑。李选闻言抬头，在卫生间的镜子里看到"成什么样子了"的自己。披头散发，眼袋像盛着两枚枣核。她决定在这件事情上不再拂逆父亲。父亲拎着换洗衣服流窜一样地乱跑，也让她心有戚戚。她打算起码去见一下张立均。于是，李选带着儿子去了张立均的办公室，"憔悴"地站在了张立均的面前。

孰料这副样子却打动了张立均。也许张立均见惯了容光焕发的女人吧？李选思忖，张立均说这些话是什么意思呢？这个男人很少说这些话。半年多来，她只被他带到酒店去过三次。陪他在午后喝茶，经常也是无声无息的，不过偶尔说几句有关公司业务的事。这在很大程度上让李选已经仅仅将这个男人视为了自己的老板。

手机响了一下，进来一条短信。李选翻看，是曾铖发来的：在干吗？她回：喝茶。曾铖问：和男的吧？她回：嗯，一个公司同事。即便没有抬头，李选也能感觉到张立均质疑的目光。她扬一下手机，说：

"一个老同学。"

张立均"哦"一下，问："大学同学？"

李选说："不是，你忘了，我没读过大学。是小学同学。"

张立均皱眉道："小学同学？那都多少年前的事了，你们居然还保持着联系？"

李选用一种连自己都有些惊讶的兴奋语气说道："二十七年前了，昨天才联系上，他现在是个画家，好像还有些名气。"

李选感到有些上不来气，那种急于要表明什么的情绪，让她显得有些气喘吁吁。

张立均说："男的？"

李选用力点了点头。不知为什么，能够当着张立均的面说起曾铖，这让她觉得瞬间平添了一些底气。

晚上吃过饭，儿子拿着李选的手机玩游戏，李选上网和曾铖说起了自己的感受。她问曾铖，是不是当女人对某个男人说起另外一个男人时，都会变得有力起来——就好比罗敷一样？曾铖似乎在忙别的，隔了半天才心不在焉地回道，什么意思？李选挺失望的，说，没什么。曾铖就不说话了，但QQ头像一直亮着。

李选在网上看起电视剧来，看的是《北京爱情故事》。这部电视剧最近热播，李选中午在办公室休息，为了将自己哄瞌睡，会有一眼没一眼地看看。但是这天晚上她却被这部电视剧吸引了。她觉得剧中的男主角有些像曾铖。从网上搜出曾铖的照片，两相对比，越看越像。这让李选对剧情都专注起来。剧中那个像曾铖的男主角，是一个典型的多情男人，李选觉得连这一点也跟曾铖颇为相似。对于现在的曾铖，她了解多少呢？其实对于过去的曾铖她也所知无多，那时候大家不过是一群儿童，谈不上有什么值得被人去了解的东西。但是李选就是觉得曾铖这样的男人肯定不省油。支持她这个判断的是，曾铖刚刚跟她搭上话，就发出了"凑一块儿过日子吧"这样的呼吁。李选想，曾铖多半也是有口无心，但这样张口就来，还是挺说明问题的。正在想，曾铖在QQ上开始说话了：

"那么李选，下午你告诉我你跟男同事在一起喝茶，变得有力了没？"

李选半天没回过神。她没有料到曾铖会这样想，半开玩笑道："有力了，不过是我跟男同事提起你时，一下子突然感觉自己有了力量。"

李选似乎听到了曾铖发出的一声窃笑，他说："明白了，你这个男同事在引诱你。"

李选心中一紧。张立均需要引诱她吗？——客观地说，他已经得手了。莫非，自己在潜意识中有着这种感觉（盼望）？李选无法理清。但她还是为曾铖的敏锐感到吃惊。

李选说："讨厌。别胡说。"

曾铖说："女人只有无力面对男人诱惑的时候，才拿另一个男人给自己打气。也成，能被你用来抵抗魔鬼，也是我的荣幸。"

魔鬼？李选想，张立均不是魔鬼，没有那么凶恶，不如说是自己心里有一个魔鬼。这个魔鬼的形象她却刻画不出来，只是影影绰绰，能够看到一丝阴影。

曾铖说："还有另一种可能，女人在试图勾起男人兴趣的时候，也会故意说起其他男人。"

李选怔了怔："为什么？"

曾铖说："激起男人的妒意吧，起码是在释放某种信号——喏，我身边不乏男人。"

曾铖的犀利让李选有些难以适应。李选感到自己心里的那个魔鬼渐渐被曾铖勾勒出来了。即使曾铖看不到，李选的脸上依然尽量做出面不改色的样子，她问：

"这么做有用吗？"

曾铖说："多半有用。在这个意义上，我想，罗敷给太守吹嘘她的男人，没准是在反过来勾引太守呢。"

李选说："可太守吓跑了。"

曾铖打着哈哈说："古代人民太朴实啊，罗敷失算了。"

李选眉头蹙起来了，说："曾铖你这人没正形，挺美好的一个女子，倒被你这么歪曲。不带这样的。"

曾铖说："我承认，这么猜测是挺阴暗的，但这就是人性。李选你觉得我是在信口开河？"

李选迟疑着："你好像说的也有点儿道理。"

曾铖说："你看。所以呢，如果基于刺激对方的需要，女人在男人面前搬出另一个男人的时候，要慎重，现代人民没准也有朴实的，结果反而会被吓跑。"

李选说："那你朴实不？"

曾铖说："朴实，我基本上是个古代人民。所以李选你别告诉我你背后还有个男人，我会被吓跑的。"

李选说："别把自己说的那么脆弱。反倒是你这样的，容易把女人吓跑。"

曾铖说："我这样的？"

李选说："是，太多情，太会分析女人的心思。"

曾铖说："一个男人，多情，会分析女人心思，难道反而是坏事？"

李选说："我也说不好，但是这种男人，让人有点儿害怕。"

本来李选的态度是有些调侃的，但说着说着，心里却真的感到了某种惧意。手机响了，短信。这种状况以前遇到过，儿子停下正在玩的游戏，很懂事地过来把手机塞给李选。李选木然地看着短信的内容：

　　睡了没。

　　她在踟蹰，该不该回这条短信？不出所料的话，这条短信依然不是张立均发来的，但转瞬李选就回了过去：

　　没呢，在跟同学聊天。

　　她将这几个字发送出去，是种恶狠狠的态度。李选在想象这个莫须有的对方——她（没错，她！）深夜的时刻在张立均的身边，背着张立均使用张立均的手机，目的不过是想刺探出一些什么。但是，"她"为什么选中了我？李选想，张立均的手机一定储存着大量的号码，这个人为什么偏偏选中我？从名字上看，李选这个名字几乎就是中性的，很容易隐藏在海量的信息里。难道，在张立均的手机中，对于李选会有着格外不一样的标记？或者，张立均对"她"讲起过李选，并且格外令"她"不能释怀？这么胡思乱想着，李选的心情随之变得复杂。

在李选的心里，从没有条分缕析地去梳理过自己和张立均之间的关系。他们之间那种物理意义上的落差，让李选难以将自己和张立均联系起来。在李选的世界里，张立均这个男人没有可资去幻想的余地。但是，这个"她"却强迫李选展开了曲折的想象。直觉告诉李选："她"一定不是张立均的妻子，却能够在深夜常常伴在张立均的身边；张立均和"她"非常亲密，否则"她"没有搬弄张立均手机的机会。此刻，张立均在做什么？酣然入眠，还是正在冲澡？"她"是什么心态？……李选似乎可以看到这样的一幕了：卫生间里传来哗哗的水声，一个女人用两只手（是的，两只手）握着手机，飞快地发送着短信，她时而转头看一眼身后，此刻任何风吹草动都会令她魂飞魄散，她紧张而又疯狂，也许还满怀着惆怅……

李选觉得自己的心被揪紧了。她几乎喘不上气。

儿子响亮地叫："你发完没，我要玩悟空蹦蹦蹦！"

李选呆呆地将手机递给儿子。她确信，今夜不会再有这种短信发过来了。

曾铖在QQ上说了许多：女人一边抱怨男人无情、不懂她们的心思，一边又会对男人的多情和洞识感到害怕。说到底，是这个世界太幽暗，而人性中有着许多与生俱来的恐惧。我们最难面对的，其实只是我们自己。有时候，把一切简单化，靠着直觉来驱使自己，反而是好的。我们自以为已经被训练得理智而又冷静，面对任何心中向往的事物，往往摆出一副存疑的态度，然而谁都应该承认，即便我们如此显得像一只老狐狸了，世界也并没有给我们开辟出一条坦途。怎么不说话？睡着了吧？算了，我也下了，画画去。

李选这才惊醒，原来不知不觉自己发了这么长时间的呆。喋喋不休的曾铖遭到了冷落。李选似乎能够感到遥远的曾铖因此而生出的沮丧。她木然地读着曾铖的这些话，缓慢地打着字：抱歉。儿子闹，陪他玩了会儿悟空蹦蹦蹦。

李选觉得这几个字耗尽了她最后的一丝力气。她知道曾铖也不会再回复什么了。他走了，画画去了。在这个夜里，曾铖和"她"都不再会和自己发生联系——这个念头突然令李选感到了孤独。

三

　　一连几天曾铖都没有在网上出现。李选动过给他发条短信的念头，但想想又算了。毕竟，大家只是分开了将近三十年的小学同学。李选在中午休息的时候看《北京爱情故事》，好像得了强迫症，看着剧中的男主角，李选就觉得是在看曾铖。连带着，虚构的剧情也仿佛成了现实的翻版。李选知道这有点儿可笑，但还是热衷于将曾铖和电视剧联系在一起，好像她看着的，就是曾铖的生活、曾铖的情感。李选觉得挺有意思的。

　　那种深夜突袭式的神秘短信没再出现。对此，李选跟张立均只字不提，张立均也没有询问过她。但是，面对张立均时，李选的心情发生了微妙的变化。

　　以前李选把张立均看成是一个无关痛痒的人，她从他那里受益，但并不感到出卖了什么。张立均所做的都在分寸和尺度里，索取了，就给出回报，但索取得不贪婪，回报得也不奢侈。不谈情，他们不谈情。不谈情，一切好像就自然了，如同物质世界的定律，里面不掺杂多余的评判。但是"神秘短信"激活了李选的心思。它似乎强调出了李选的地位，让李选在张立均的世界中变得重要起来——张立均身边的女人将李选视为了潜在的对手。一旦这么想，身不由己，看待张立均时，李选的目光就迷离了，不再像之前那么简单。她有些好奇，想象会是怎样一个女人，在深夜还伴在张立均的左右。这种好奇如果强烈起来，李选心里还会有些不适。那是一种难以言表的感触，李选无法准确把握，姑且就用"不适"来感知。

在这种"不适"中，李选发现自己竟是在乎张立均的。按理说，李选也应该在乎张立均。半年前，李选"成什么样子了"，"憔悴"，几乎接受了自己的人生大势已去。半年多的时间下来，潜移默化，她换了副样子。现在的李选，算是公司的高管，薪水足以让自己和儿子过得不错；心情平静下来，和父亲也不再是剑拔弩张；闲极无聊的时候，还生出百度小学同学的逸致。这一切，都是张立均提供的。没有张立均，也许李选在某一天也会振作起来，但对李选来说，难度一定不小。李选只读过专科，因为家境还算不错，从小也没有养成努力奋斗的精神，而且自尊心又很强，这样的一个女人，眼看四十岁了，突然要想焕然一新地生活，谁都知道该有多难。李选不是没有自我分析过，所以半年前她才那么消极。但是，渐渐活出了积极时，她却没有认真分析一下这种局面的可贵。由此，李选也没有去思考张立均对她的重要性。也许，她是在潜意识里拒绝这样的思考——太看重张立均，她的弱势就会被放大，羞耻感会随之而来，"交易"就真的成了"交易"。"神秘短信"让李选将注意力转向了张立均，混沌有了秩序，那种生活必然的严峻性突然被她再次感受到了。原来一切还是这么岌岌可危。奇怪的是，与此同时，李选一边有些惆怅，一边又觉得自己似乎得到了某种启发，可以让她向前再跨出一步，从张立均那里谋求更多的东西。至于那是些什么东西，李选一下子也想不通。但是她似乎觉得自己也长高了些，就好比从一米五长到了一米七，能够对一米八的张立均伸张些什么了。

　　在这种情绪下，李选第一次拒绝了张立均的要求。这天张立均给李选打电话，让她下午去茶舍喝茶。这本来是司空见惯的事，好像公司里的一项制度，没有多少讨价还价的可能。以前李选接到电话，也像落实工作一样地去照办。但是这天她却问道，有什么事吗？张立均显然没有想到她会这么问，讪讪地说，没什么事。李选说，那我就不

过去了，下午儿子的幼儿园要开家长会。张立均沉默了一
会儿说，算了。

通完话，李选一阵没来由的兴奋。其实幼儿园下午并
不开家长会，李选很惊讶自己怎么会这样，但"拒绝了张
立均"这个事实，让她感到有些得意，仿佛在身高上又长
了几毫米。

下午的时候，为了掩人耳目，李选从公司出来了，她
怕万一被张立均掌握了她的行踪。出了公司，一时间又没
地方可去，李选干脆找了间咖啡馆，坐在临街的窗子前，
一边喝咖啡，一边用随身带着的平板电脑看《北京爱情故
事》。接连看了两集，手机里接到条张立均的短信：

在干吗？

李选抬头看看窗外，大白天，冬日的太阳明亮如洗。
她不能确定这条短信和深夜而至的短信有什么区别。李选
把手机举在眼前，眯起眼睛端详，踟蹰再三，回道：

在给儿子开家长会，有事吗？

半个月后，集团安排李选去上海接受新产品的代理培训。这件事张立均给她交代过。出发前两天，李选向公司请了假，做些出门的准备，安顿一下家里的事。她父亲最近身体有些不舒服，总是说胃里难受。李选想可能是人老了，消化能力在降低，叮咛保姆多做些粥，自己又去了超市，准备买些豆子、燕麦这些煮粥用的配料。在超市里，李选接到了曾铖的电话。

　　曾铖说："李选我今天到西安。"

　　这段时间没联系，李选一下子觉得和曾铖有些生疏。她说："啊？回来看父母吗？"

　　曾铖说："不是，要到北京办画展，从西安转机，就住一个晚上。"

　　卖过机票的经历让李选立刻听出了问题："成都到北京不需要转机呀。"

　　曾铖叹口气，说："唉，你怎么一点儿也不解风情，好吧，这是个借口。"

　　李选说："干吗要找借口啊？"

　　曾铖说："可不就是为了看看你，又不好意思说嘛！"

　　李选笑起来，说："好吧好吧，落地给我电话，我请你吃饭。"

曾铖说:"李选你的声音有点儿沙哑。"

李选说:"不好听?"

曾铖说:"不是,挺有特点的。"

挂了电话,李选才意识到这是自己与曾铖之间跨越了将近三十年后的对话,之前通过网络,总有些虚拟的隔膜,好像还不太真切。但是这下听到声音了。李选觉得奇怪,感觉自己和曾铖好像根本没有经历那么多年的分别。超市在地下室,信号不是太好,曾铖的声音有些断续,这种声音,既让李选觉得似是而非,又让她觉得理所应当。

回到家里,李选帮着保姆做家务,忍不住问道,我的声音听起来是不是不好听,有点沙哑?保姆说她听不来。李选承认,自己心里对曾铖有兴趣,感情有理智根本无法理解的理由,夸张一些说,这种理智根本无法理解的理由,绵延了将近三十年之久——那就是从孩提时代起,对于一个人的好感。

现在的李选,对于现在的曾铖充满了好奇。在网上说话是一回事,面对面说话又是另一回事了。那会是怎样的一种局面?会尴尬和冷场吗?曾铖会怎样看她——她现在好看不？这种忐忑的滋味，李选内心很长时间没有体会过了。

　　中午吃饭的时候，张立均发短信给她，问：家里都安顿好了？李选分析这条短信的内容，认为应该是出自张立均之手，回道：安顿好了。张立均又回复过来：晚上一起吃饭。李选犹豫了，好像许久都不曾面对过这么让人左右为难的选择。她已经拒绝过一次张立均，再次拒绝他，事情的性质好像就变了。毕竟，张立均是她目前安适生活的提供者，虽然他并不强调这一点。甚至，单从老板与雇员之间的关系来理解，有几个人会这么不给老板面子？然而晚上曾铖就到西安了。成都距离西安挺近的，飞过来不过个把小时，可是在李选的情绪中，曾铖却是飞了将近三十年。那个飞了将近三十年的曾铖，就要落地了。这么权衡着，时光的砝码立刻让李选心中的天平倾斜了。她给张立均回道：真不巧，晚上有个同学从外地回西安，已经约好见面了。她以为按着张立均的做派，是不会再发短信过来的，不料张立均的短信接踵而至：同学？那个画画的？李选有点吃惊，想起是自己跟张立均提过曾铖，就更吃惊了。她没有想到张立均会把这件事记住。所以，李选回复起来就感到了艰难，一个"是"字，过了半天，才被她鼓足力气发送了出去。

　　整个下午李选的情绪都很焦灼。她感到有些对不起张立均。这种情绪以前是不可想象的。李选从来不觉得自己欠张立均什么，两人之间，不过是经历着这个世界已经约定俗成的那部分规则。同时，"对不起张立均"这个感觉，又让她有些高兴。李选躺在床上，闭着眼睛想：自己拒绝了张立均，如果张立均没什么不快，那么自己就没什么对不起他的；如果他不快了，只说明他对她在意……那么，自己究竟想不想让张立均在意呢？这个问题把李选难住了，她睁开眼睛，定定地看着天花板上繁复的石膏花饰——那不是李选的趣味。房子是父亲的，装修风格完全体现着父亲落伍的审美。此刻，这个事实通过天花板上的石膏花饰反映了出来，令李选的内心更加纠结。她想到自己已经快四十岁了，没有自己的家，单身带着一个年幼的儿子，今后怎么办呢？

　　对于未来的眺望，更多时候李选是刻意避免的，她怕自己会把自己眺望得不寒而栗。抛开不切实际的幻想，李选知道，目前拯救自己的唯一方法就是——更加严格地去遵守世界已经约定俗成的那部分规则。而张立均，以一种一米八的姿态，站在那些规则的里面。

我现在就是不守规则。李选给自己下着结论。她把自己的这种任性，归咎于曾铖的出现。李选想，是曾铖让她变得有些不切实际了，想想吧，为一个将近三十年未见过面的小学同学，去慢待自己眼下生活中的一个重要角色！这么想着，李选就对曾铖有了些无端的埋怨，好像真的为曾铖破釜沉舟了似的。

曾铖到了晚上七点多钟还没有消息。李选在家等了大半天，渐渐等出了疲惫和气馁。在这大半天里，她心神不宁，瞻前顾后，时而兴奋时而惴惴不安，一度像是回到了自己的少女时代。情绪波动太大，最后就格外厌倦。实在等不下去了，李选给曾铖发短信：到了没！过了半天，曾铖电话打过来了，用一种没睡醒的音调说，李选我早到了，昨晚一宿没睡，困得要命，想先在酒店睡一会儿，没想到睡死过去了。李选既好笑又好气，问他，怎么跑到酒店睡去了，干吗不回你父母家？曾铖说，这次回来就是为了见你，明天一早就得走，不想回家了。李选听他这么说，心里的气就消了，问他酒店的位置，他说你等等，可能是跑去看酒店的资料了，过了一会儿给李选报出了店名和具体位置。

出门前李选又照了照镜子，确信自己目前样子还好，并不"憔悴"。儿子已经被保姆从幼儿园接回来了，看到她对镜顾盼，说，妈妈你要去约会吧？现在的小孩电视剧看得多，懂得不少生活中的桥段。李选摸下儿子的头，故作神秘地挤了挤眼睛。

由于就要去上海，李选的车放在公司楼下没有开回来，她打了车往曾铖住的酒店去。车很难打，李选在路边站了有半个多小时。天上飘起了夹着雪粒的雨丝，夜色中的城市一下子显得有些凄凉。进入主城区，却是另一番景象，人头攒动，车流如织，比平常热闹很多。李选恍然想起，原来今天是平安夜。商铺门前的圣诞树流光溢彩，反射在被雨雪淋湿了的路面上。李选看着窗外，心情变得有些恍惚。她感觉世界突然变得很寂静，自己好像无声地穿行在一条时光隧道之中，是在向着自己的童年回溯。

到了曾铖住的酒店，李选坐在大堂的沙发里给曾铖发短信：我到了。她想曾铖会闻讯下楼，不料曾铖却把自己的房间号发给了她。李选乘上电梯，心里有些紊乱。这时候她想起的是张立均。集团常年在市内的多家酒店留有客房，其中有一套是专供张立均使用的，李选被张立均带到这套客房去了几次。第一次被张立均带到酒店，李选的心里多少有些抵触和排斥，但不是很强烈，其后几次内心就很平静了。但是现在，置身一家酒店的电梯里，李选突然有了心理障碍。她发现，原来自己这么憎恶这种"酒店式的"逻辑。曾铖似乎现在就在这种"酒店式的"逻辑里，他要干吗？

　　房间找到了，李选摁门铃。里面一阵踢里踏拉的脚步声，曾铖跑着来开了门，睡眼惺忪地把李选让了进去。他上身穿着件咖色的长袖T恤，一边系裤子一边对李选说，你先坐，我去洗把脸。李选说，还在睡呐！曾铖嗯嗯着，转身进了卫生间。

　　一切就是如此自然，没有丝毫的局促，很熟络，仿佛将近三十年来，李选天天都这样惊扰着曾铖的美梦。

　　卫生间响起哗哗的水声，曾铖在响亮地擤着鼻涕。李选没有坐，站在这间酒店的客房里，心神更加恍惚了。她看到了曾铖的行李，一只拉杆皮箱平躺在地上，打开着，最上面是一双没有撕开包装的袜子，几本艺术杂志，下面是一件叠得很平展的衬衫。不知出于怎样的心情，李选突然很想看看这只皮箱里所有的内容，仿佛那里装着曾铖所有的秘密。她有些激动，又有些不安，回头看了看卫生间的门，毫无理由，只在一瞬间就为自己的这个念头而动情起来。

曾铖从卫生间出来了。他洗了脸，却没有擦，脸上水淋淋的，径直从李选的身边走过去。原来他的洗漱包放在床头柜上，他过去翻出自己的毛巾，很用力地擦着脸。就这么一个照面，李选便将如今的曾铖一览无余了。曾铖留着极短的头发，那张脸比小时候的线条清晰了，有了棱角，显得十分年轻，总体上可以说是英俊。李选看着曾铖的背影，很瘦，个头似乎要比她想象中的矮。但这不足以让她觉得意外，仿佛某些与预计中的偏差，也在她的预计之内。这就是李选认为的曾铖，即使令人大吃一惊，也好像大吃一惊得分毫不差。总之，她不觉得他陌生。曾铖回头了，向着她笑，说，怎么样李选，还认得吧？

李选说："认得。我呢，你还认得吗？"

曾铖看着她。李选有些紧张。她也在迫切等待眼前这个男人的确认，有种等待被鉴定的心情。好像曾铖将要做出的这份鉴定，就是对于她这个女人几十年来被岁月淘洗之后的盖棺定论。

曾铖说："李选你没变，雷铎说的不错，你变化很小。"

他回答得轻描淡写，李选有些失落。

曾铖套上一件高领毛衫，穿上羽绒外套，说："咱们吃饭去。"

李选跟在他身后，出了房间，进到电梯里，突然感到挺无聊的。但是此刻的情势似乎对两个人都有所要求，那就是，他们必须都打起精神。

李选热情地问曾铖："你想吃什么？"

曾铖说："吃什么都好，我无所谓，就是想跟你见一面。"

李选说："没跟雷铎联系？"

曾铖说："没有。这次就为见你。春节回来，再好好会会雷铎。"

李选高兴了一点儿，说："真的就为见我？"

曾铖说："当然。不过呢，也的确是要在西安落下脚，有个朋友托我捎些东西去北京。"

李选于是立刻又觉得无聊了。

出了酒店，"吃什么"又成了问题。旁边有家火锅店，曾铖提议说："咱们就火锅吧？"

李选说行。这时候她在问自己，自己拒绝了张立均，焦虑了大半天，就是为了吃一顿火锅吗？那么，不为了吃顿火锅，又为了什么？李选想不清楚。

这家火锅店里人不是很多，他们找了相对偏僻的角落坐下。点菜，要茶，非常乏味。当锅里的汤沸腾起来时，隔着氤氲的水汽，曾铖说，李选我没想到你这么漂亮。

李选说："别蒙我，恐怕是有点儿失望吧。"

曾铖举起啤酒和她碰一下，说："没有，倒是做了失望的准备，毕竟快三十年了，这么长时间，够得上让物种进化一遍了，当然，也够得上让人变成猴子。"

李选想起曾铖说到过的李兰，心想这个曾铖够刻薄。

她问："回来没联系李兰？"

曾铖说："没有，我说了，这趟主要是冲你来的。"

尽管李选不是太相信曾铖的说辞，但他这样一再强调，好像就有些可信了。李选渐渐有了兴致。"说说吧，你跟你这位初恋女友多年后重逢的滋味。"

曾铖说："不是初恋，对我不是，可能对她也不是。没有那种浓度，就是个儿戏。"

李选说："你这么说，李兰知道该多难受。"

曾铖说："我对她也是这么说的。但这并不表示我轻视当年的那件事儿，相反，现在我觉得那都是很宝贵的记忆。见面后，李兰跟我说，她当年对我示爱，其实是怀有目的的，这个目的很单纯——她听人说参军后，在部队里要是没有一个恋人给自己写信，会非常丢人。她不过是想给自己落实一个写信的人。可是就连这个目的也落空了。她给我写过很多信，我却只字未回。她说，每次看到其他战友接到信，她都会感到难过。后来，当这种情绪难以克服的时候，她就找机会离开部队，跑远些，在异地写一封信寄给自己，然后返回部队，带着一种十拿九稳的盼望，等待着这封信的到来。"

李选说："曾铖你真残忍。"

曾铖说："李兰跟我说这些话的时候，我也很难受。我当然自责，但更多是在为那些憔悴的少年时代感到悲伤。一切伤害都在无知和粗糙中酿成了，但回过头，冤找不到头，债找不到主，人只能默默承受生命给予我们的所有失误。"

李选说："当年你们真的没有发生点儿具体的事？"

曾铖说："那个夏天的午后，李兰找到我，在我家我们接吻了，那倒是初吻。"

李选笑道："什么感觉你？"

曾铖说："如遭雷击。迄今我还认为，再也没有那种难以言表的滋味了，嗯，她的嘴唇竟那么柔软。不如说，我是从那一刻，才知道女性的嘴唇会那么柔软。李兰的嘴唇在当时对我，就是喻示了所有女性的嘴唇，这算是启蒙，无以复加，其后女人的嘴唇也就只是嘴唇了。"

李选有些走神。曾铖说话的时候打着手势，毛衣袖口下露出的手腕上好像有块文身。李选想，放心曾铖，我不会追问得太多。她问：

"我想知道，你们见面后，没有再发生什么吗？"

曾铖喝了口啤酒："应该不算有什么。她是去成都办事，跑业务，我陪她跟几个需要走动的关系应酬。她现在酒量大得惊人，那几天我们几乎天天喝醉，从饭桌上下来，去她酒店的房间接着喝，直喝得人事不省。"

李选说："酒是淫媒……"

曾铖打断她，说："没有，我们只是喝酒，第二天醒来，面面相觑，感到非常空虚。"

　　李选相信曾铖所说的，问："那现在你俩啥感觉？"

　　曾铖说："我觉得就像至死不渝的亲人了，很贴心那种。要说我俩之间也没什么更多的交集，但好像岁月本身就给了人无中生有的依据——大家小时候就认识，这一点突然变得非常有说服力。前段时间我母亲身体不好，在电话里李兰跟我说，需要的话，她可以去照顾我母亲，我听了真的很感动。"

　　李选说："你没想到吗，也许李兰现在还喜欢你？"

　　曾铖说："不会，她不会。"

　　李选说："那她的家庭现在可能挺幸福的。"

　　曾铖说："倒不是。李兰好像和她丈夫的关系也不怎么好。我没细问。但是你看，如果是一个家庭幸福的女人，她需要为什么狗屁业务在酒桌上把自己喝成那样吗？我觉得李兰现在那么胖，就是让酒给闹的。"

　　李选一阵黯然。她想到了自己眼下的生活。李选不是一个有酒量的女人，但现在做了公司的副总，在某些饭局上，也是免不了要违心地咽下许多苦酒。原来，是否豪饮，可以鉴定一个女人的婚姻。

李选说："既然这样，她为什么就不能喜欢你？"

曾铖说："首先，我们彼此之间没有那种感觉。其次呢，似乎真的涉及那种感觉了，反而对我们彼此会是损害。我想，经过了漫长的蹉跎，和大部分女人一样，起码李兰现在会变得不再相信爱情。"

李选几乎要脱口而出"我也不再相信爱情"，但她克制住自己，问曾铖："你呢，你还相信爱情吗？"

曾铖说："老实说，我也不信了，但我要求自己必须还得一次一次地去信，没有了这种相信，我们会活得更加糟糕。"

李选还想继续追问下去，曾铖挥下筷子说："说说你吧，怎么从韩国跑回来了？"

李选说："过不下去，自然只有跑回来了。"

曾铖举下酒杯，意思是洗耳恭听。

李选说："我和他认识得很偶然。那时候他在西安开餐馆，和我的朋友认识。有一次大家出去玩，玩到热闹的时候，我问了一句他，我漂亮不。事后这人我差不多就忘干净了。过了很久，他突然从韩国给我打来电话，问我能不能嫁给他。整个过程有些莫名其妙，我们开始通话，随后他就来西安了，见了我的父母，然后又带我去了长春，见了他的一些亲戚——他其实是在中国长大的朝鲜族人。韩国政府有政策，光复前——他们那儿把朝鲜战争结束叫光复——跑到中国的朝鲜人可以回国定居，原则上允许带一个未婚的子女。他就跟着他母亲回去了。他父亲去世得早，哥哥姐姐都留在中国。"

曾铖说："原来这样，我还在想，李选如何跟一个韩国人谈恋爱呢，原来你们有汉语基础，可以谈得起来。"

李选说："他要是不会说汉语，我们根本就不会走到一起。我爸当时的态度就是——中国男人都死光啦？就这，后来我们离了婚，我爸还在强调外国人就是靠不住。"

曾铖说："真的靠不住吗？"

李选说："我当时嫁他也没想着要靠他，没那么多想法。就是觉得年龄也不小了，好像所有的力量都把自己往一个方向推，于是就那么嫁出去了。三十岁之前我很喜欢热闹，有点没心没肺。中专毕业后，我爸把我安排到市政公司上班了，工作上也没什么压力，就是玩，玩来玩去，直到把自己玩得有点儿犯恶心了。对了，他比我大很多。"

曾铖问："大多少？"

李选说："十二岁。"

说着李选从自己的钱包里找出了前夫的照片，递给曾铖看。曾铖很认真地看了，说："还不错，不显得老。"

李选接着说："婚后那段时间，我真的很安静，像换了个人似的。他家在浦项市——你听说过没？"

曾铖点下头："我去过，几年前去韩国办画展，去过浦项，山多。"

李选说："哈，哪年去的？"

曾铖说："五年前吧。"

李选说："那时候我正在浦项！"

曾铖说："真遗憾，那是咱俩二十多年来距离最近的时候。要是能在街头遇到你，我一定要拥抱你。"

李选竟对这样假想的一幕有些渴望。她说："就算遇到，你也不会认出我。"

曾铖说："嗯，可能是认不出。但是我会想，咦，这个漂亮的韩国女人怎么会如此眼熟？莫非，她是我前生的伴侣？"

吃了不少，喝了不少，也说了不少，曾铖好像松弛了许多，话里有了随便的味道。李选喜欢听他这么说话。

李选说："去你的。你不会在街头遇到我。那时候我几乎足不出户。现在想起来，我都感到惊讶，甚至不能相信，那时候的我，真的是我？他在中国做生意，我留在韩国，聚少离多，家里只有他母亲，周遭一片陌生。我就像活在一个孤岛上，但是心里却非常安宁，一点儿也不焦虑，也不感到孤独，好像很自然地接受了全人类都已经灭绝了的事实，心如止水地活下去，活上几万年也不是问题。"

曾铖很专注地看着她，问："这样不好吗？内心安宁多可贵。"

李选说："开始我也觉得还行。如果他不是总跟我吵，没准我就真的会这么老死在韩国那个叫浦项的小城市了——它真的很小，大概才五十多万人口。"

曾铖说："他跟你吵什么呢？"

李选说："他在中国做生意，挺艰难的，心情不是很好吧，加上韩国男人的那套做派，每次打电话回来，对我都是一副不客气的腔调。你知道，我脾气也不小……"

曾铖说："嗯，我知道，看得出。"

李选说："看得出？从哪儿看出来的？"

曾铖说："感觉吧，就是觉得李选应该不是个好脾气的女人，好像印象中，小时候就有点儿像个假小子。"

李选说："讨厌。其实我挺温柔的。"

曾铖说："我发现了，你爱说'讨厌'，骄横，可不就是脾气挺大。"

李选说："人家这是娇媚。我是双鱼座的嘛。哎，对了，你什么星座。"

曾铖说："金牛座。"

李选笑起来，说："金牛座的人外表闷骚，内心风骚。"

曾铖说："是这样吗？也不错。你呢，内外是怎么个情况？"

李选笑而不答，继续前面的话题："他在电话里跟我没好气，我就挂电话。这就让他更来气了，简直是暴跳如雷，会一遍又一遍往家里打电话。我想这是何苦呢，越洋电话又不便宜，打过来就为了吵架，不是有病吗？有一次还是这种状况，他几乎要把家里电话打爆了，他母亲就让我接他电话。我接起电话，他劈面就给我一句：我操你妈！我一下就火了，回他一句：我操你妈！这下可好，他母亲在旁边听着呢，不干啦，问我，你操谁呐？"

曾铖大笑，问："这些话都是用韩语说的？"

李选说："汉语，在家他们都说汉语，要不我嘴也回不了这么快。"

曾铖举起杯，说："来，为汉语干一杯。"

两个人高兴地喝了一大口啤酒。曾铖喝酒上脸，眼见着脸已经很红了。

他说："其实这都不是原则问题，中国夫妻也都这么对骂。"

李选说："我也觉得不是原则问题。也许跟个中国男人这么对骂，骂完也就完了，可当时我在一个世界上的人都死绝了的孤岛上，这么骂来骂去，就骂出问题了。我想有了孩子就会好点儿吧，没想到，儿子刚满月，我就抱着回国了。"

曾铖凝视着她："刚满月？"

李选说："四十天。实在熬不下去了。其实当时嫁人，我有一个很重要的原因，就是想早点生个孩子。我妈身体很不好，常年有病，生我的时候都是费了九牛二虎之力才怀上，她本来还想再生一个，连名字都起好了，我叫李选，下一个孩子叫李择。但是这个愿望她没能实现。所以我妈非常想看到我的孩子。前些年我玩疯了，一直成不了家，等懂点儿事了，就想给我妈点儿安慰，哪怕是给她的在天之灵一点儿安慰……"

李选眼圈红了，让她感动的是，对面的曾铖抽着烟，好像眼睛也有些潮湿。

李选说："生孩子之前我就打算回国来生，但他们家不同意，说孩子生在中国，国籍问题又是麻烦事。我爸也说我，嫁出去的人，就听婆家的吧。我说我知道，在韩国生孩子，我肯定没人照顾。我爸说，谁让你嫁到外国去，忍吧！可那真是没法忍。生孩子的时候他在中国，我身边只有他母亲，他这个母亲挺不让人的，孩子一生下来，就跟我说，别以为生个孩子就是功臣了，哪个女人不会生啊？我压根就没那种想法，听了她这话心里真是委屈，感觉这下坏了，孤岛上来了个不讲理的。儿子的第一片尿布就是我洗的，她母亲倒是给我做饭，天天煮一锅白菜。我给儿子喂奶，乳房里有硬块，很疼，医生说得人来揉，要不会得乳疮，他母亲立刻声明，说坚决不会替我揉的，我只好自己来揉。就这样，洗着尿布，吃着煮白菜，听他在电话里跟我发脾气，自己揉着自己的乳房，我觉得在孤岛上待不下去了。我要抱着儿子回中国，把儿子抱到我妈的骨灰前……"

李选用纸巾揩泪水，突然有些茫然，心想自己怎么会跟曾铖说这么多呢，像一个祥林嫂。这些话她很少跟人说。此刻汹涌而来，是为了什么？也许，曾铖说的对：岁月本身就给了人无中生有的依据——大家小时候就认识，这一点突然变得非常有说服力。

曾铖默默不语。他一直在吸烟，李选这才观察到，他的烟瘾这么大。

李选说："不说我了，说说你吧。怎么跑到成都去了？"

曾铖说："大学毕业分那儿去了。本来想待段时间就离开，结果却娶妻生子，给留到那儿了。"

李选说："那现在为什么又鳏寡孤独了？"

曾铖似乎不大愿意说自己的事，他说："其实不幸的家庭也大多雷同吧，不就是尿布、白菜、乳疮这些令人伤感的玩意儿。"

李选也无语了，自己喝下去半杯啤酒，又替曾铖满上。一旦沉默下来，李选的心里就有些隐隐地不安。但是这种不安源自什么，她却一下子找不到根据。

曾铖开口了，问："他舍得不要自己的儿子？"

李选说："舍得，这个男人不大顾忌这些。"

曾铖说："哎李选，不会这孩子不是人家的吧？"

李选说："讨厌！"

曾铖可能也觉得自己有些离谱，正色说："是不是他在外面有女人了？"

李选很有把握地说："不会。这点我确信。怎么说呢，他不是那种很会讨女人喜欢的男人，不像你。"

曾铖说："怎么跟我比？我也不会讨女人喜欢。不过我想，你们分开的这么坚决，也许就是因为彼此都太清白了。"

李选说："什么逻辑你？"

曾铖说："你看李选，人这种东西就是这么奇怪，彼此为对方不安，反而会成为纽带。你想一想，如果他在外面有女人，你会这么甘心跟他分手吗？"

李选想了一下那种状况，好像想象不出来，与此同时，她发觉了自己此刻不安的根源。李选想到了张立均。她拿起手机看了看，竟然已经快子夜了。之前她的手机一直放在餐桌上，她似乎一直在等待着什么。现在她知道了，自己是在等待那种"神秘短信"。李选有种预感，觉得今晚那种短信一定会再次出现。但是手机却一直安静着。

曾铖看到她看手机，也意识到时间不早了。他突然有些颓废，本来全神贯注的那张脸像是被什么力量篡改了，变得涣散而迟钝。

他说："撤吧咱们。"

结账的时候李选坚持让她来，曾铖安静地默许了。两个人走到街上，雨雪依然在下，远处的霓虹灯透过雾气有种很哀愁的格调。他们置身的这条街道很冷清，但还是有些热闹的喧哗隐约传来。曾铖不知什么时候围了条围巾，把脖子裹得严严实实。从酒店出来的时候，李选好像没看到他围着围巾。

两人站在路边等车，谁都不再说话，有种难言的落寞从李选的心头爬起。她嗅到曾铖的身上有股涩涩的气味。出租车很难打，过来过去，都载着客。这挺奇怪的，按理说这个点不应该这样，可能和平安夜有关吧。李选说，往前走走吧，也许前面情况好些。曾铖默默地跟着她往前走。李选觉得有些冷，雨雪像纱一样蒙在脸上，让人有了彻骨的寒意。她说，怎么样曾铖，下次回来还找我吗？曾铖说，找，很快就春节了，春节前我就回来。李选说，祝你明天一路顺风，在北京过得愉快。曾铖说，好，谢谢你。

两个人走出很远，依然等不到空车。李选吸了口气，说，再等三辆，要是还坐不上，今晚就不回去了，陪你在酒店喝酒。曾铖说，好。结果紧接着就来了一辆空车。是曾铖先看到的，他很踊跃地跑了两步，在路当中替李选将车拦了下来。李选上了车，对曾铖说，拜拜。刚开出十几米，就遇到了红灯，车停了下来。李选回头张望，看到了这样一幕：曾铖背对着她，伸展双臂，以一种梦幻般的滑行姿态与她背道而驰。路面可能结冰了，曾铖在滑着走，有点儿游戏，有点儿孤单。他必然地趔趄了一下，继而又滑行起来。在这个瞬间，李选觉得心里痛楚，爱上了曾铖。

李选的家在西安城西三环以外了，在李选心里，这一路从来没有像今晚这样漫长。她一直握着手机，很想给曾铖打个电话。于是，当曾铖发来短信时，她的心一下子就跃动起来：到家给我个信儿。李选回：好。你好好休息，别抽太多烟，你烟抽太多了。曾铖回：好。李选回：今天开心吧？曾铖回：开心。但是又有些说不出的难受。李选回：怎么呢？我挺开心的，这么多年没见了。曾铖回：嗯，你开心就好。李选回：你也要开心点儿。

当这条短信进来的时候，李选下意识地以为还是来自曾铖的：

回家没？

她回道：

还没到。

回完之后，李选才醒悟过来，这条短信竟是张立均的号码。李选感到自己立刻窒息了。随后万籁俱寂，这个世界和她彻底失去了联系。无论是曾铖，还是张立均，或者是某个"她"，都集体沉默了。

到家后儿子还没睡，缩在被窝里眼巴巴地等着她。李选刚要训斥儿子几句，儿子却说："妈妈我想你，刚才我一想你，就闻一闻你的衣服。"

眼泪立刻汹涌而出，李选胸中所有的难过似乎都因为了儿子的这句话找到了正当的出口。

四

和李选一同去上海的还有公司的另一位副总，叫苏建亚，比李选年轻，三十岁出头，李选平时叫他小苏。到了上海，对方是家做建筑保温产品的公司，工厂在浦江镇。所谓培训，就是给李选他们讲解产品的性能、施工方式，并带着他们参观工厂。前后安排了一周的时间，李选觉得时间有点儿长了。每天用在培训上的时间顶多两三个小时，其余的时间基本上无事可做。浦江镇距离上海市区比较远，所以李选也懒得出去转转。

大部分时间待在酒店的房间里，李选百无聊赖，脑子里不免经常想着曾铖。和曾铖短暂地见了一面，李选觉得有些事情既好像开了个头，又好像结了个尾。让她萦绕于怀的，似乎不是两个人之间发生了什么，而是这一切正在发生的方式。李选给曾铖发短信，问他在北京是否愉快。曾铖回说还好，让李选感到他似乎恹恹的。李选告诉曾铖她在上海。曾铖说，要不，我再到上海转次机？李选发现，曾铖和她天各一方的时候口无遮拦，但见了面，反而不太信口开河。比如，当着面，他根本没再提"干脆凑一块儿过日子"这茬。两个人现在一个在北京，一个在上海，曾铖又恢复了他的腔调。他在短信里问李选，咱俩也算是见面了，非但鳏寡孤独，而且各自身无残疾，算是相了次亲，怎么样，能一块儿过不？身在异地，让李选的情绪少了些现实的约束，面对曾铖的这些话，就放任自己做了些非现实的憧憬。李选真的想象了一下，和曾铖"干脆凑一块儿过日子"，会是怎样的状况？在李选的想象中，曾铖这个男人具备一个好伴侣的指标，唯一的缺点是——他太多情了，像《北京爱情故事》里的那个男主角。而这唯一的缺点，就足以抹杀其他所有的指标。这么想着，李选又觉得自己有点儿傻，好像真的在挑选着丈夫一样。

第三天的晚上，李选忍不住给曾铖打了电话。接通后，手机里响起很嘈杂的音乐声。曾铖大声嚷嚷，大点儿声，李选你大点儿声！李选说，曾铖你干吗呢，这么吵。曾铖喊道，在酒吧里！李选不由自主也喊了起来，那你玩儿吧，没什么事！挂了手机，李选感到有些委屈，好像自己现在一个人寂寞地待在酒店里，而曾铖却在花天酒地，就是辜负了她。这不是荒唐嘛！李选在心里批评自己，承认说到底曾铖现在还是一个和她没有丝毫瓜葛的人。正准备冲澡，房间的电话响了起来，李选接听，原来是住在隔壁的小苏。小苏说，李姐你还没睡吧？李选说，没呢。小苏迟疑了一下，提议道，要不咱俩下去喝点儿什么？李选想想就同意了，进卫生间补了补妆。

到了楼下，小苏已经等在大堂里了。小苏很挺拔地站在一棵盆栽的棕榈树旁，看到她，脸上露出殷勤的笑。这家酒店里有清吧，他们进去找了位置坐下。小苏征求了李选的意见，给她点了咖啡，自己则要了啤酒。小苏一边喝啤酒一边叹气，说，真的很无聊，李姐你也很闷吧？李选说，我还好，在家除了上班还得照顾儿子，现在只当休假了，倒是你们年轻人热闹惯了，一下子可能受不了冷清。小苏说，哈，李姐，别这么老气横秋的，你也很年轻呢！李选说，比起你我就不算年轻了。小苏说，我不这么觉得，真的，有时候我还觉得你比我小呢。李选笑道，小苏你是不是觉得女人都比你小啊？小苏正色说，绝对不是，我只觉得美女们都比我小，李姐你就是一个标准的美女。

李选平时在公司里人缘不错，偶尔也和同事们开开玩笑，但小苏现在这样的表现，还是让她有些惊讶。难道，人一旦少了环境的约束，都会变得有点儿想入非非？李选说，那你喊我李姐干吗？小苏说，《红楼梦》里的贾宝玉，也是把所有美女都喊姐姐的，这个称呼和年龄没有关系，是爱称。李选差点儿笑出声，心想，完了完了，这个小苏失心疯了。李选建议道，要不小苏你明天玩儿去吧，我给咱守在这儿就行了。小苏叹息着说，那怎么行，你知道吗，就是因为这次你来上海，我才申请一起来的。李选说，真的吗，为什么？小苏更悠长地叹息了一声，是一切尽在不言中的意思。李选想，这个小苏如果知道她和张立均的关系，还会这么叹气吗？一想到张立均，李选的情绪就有些失控，下意识摸出手机翻弄着。小苏也不说话了，长吁短叹地喝着自己的啤酒，但是眼睛一直看着李选，眼神可以说是含情脉脉。李选被他看得不自在，借口去洗手间离开了一会儿。

　　离开小苏的视线，李选站在一扇屏风后面深深地呼吸。旁边的窗子开着，夜晚潮湿的空气吹进来。一缕古筝和着笛子的丝竹声若隐若现，缓慢、婉转，断断续续地带着些回音。李选用手机再次打给曾铖。曾铖在嘈杂的音乐声中大叫，李选你别挂，我出去跟你说！李选能够听到曾铖脱离那个环境的过程，一度手机里的噪音又升高了，可能是曾铖跑过了喧哗的中心，紧接着的安静突如其来，好像世界陡然翻转了一周。

　　曾铖说："李选你还在听吗？"

　　李选说："在听。"

　　曾铖说："我想问问，想好几天了。那天分手后，我觉得有个问题一直挺困扰我的，可一时又想不清楚是什么问题，心里总不踏实，脑门都想破了，好像总有个疑问悬而未解。"

　　李选说："曾铖你喝多了吧，说话颠三倒四的。"

　　曾铖说："咦，我喝酒了你都知道？"

李选不作声。

曾铖说："喂，喂？李选你没挂吧？"

李选说："没。"

曾铖顿了顿，说："你等会儿，我得找棵树扶着点儿。"

过了半晌，曾铖一字一顿地说："就是在刚才，我突然想出来了，那就是——李选你干吗还随身带着那个韩国人的照片？"

李选怔住了。她没想到曾铖会问这个，而且更是被曾铖问得自己都有些吃惊。是啊，干吗还随身带着那个韩国人的照片？没道理的，只有李选自己清楚，对于那个男人，她的心已经死到什么程度了。李选回国后，那段婚姻又维持了三年，前夫在东北做生意，偶尔来一趟西安。其间有一次，前夫前脚刚走，李选就发现自己又怀孕了。她在电话里告诉了前夫，不料对方开口就说，不可能！这话可是真伤人。李选说怎么就不可能呢？前夫还是一口咬定，不可能！李选说，好，你奶奶的，不可能是吧？我把这孩子生下来，做完鉴定，咱就离婚！过了段日子，前夫打电话来，说，还是去做掉吧。结果当然还是把这个孩子做掉了，但不需要做什么鉴定了，李选仍然坚决地选择了离婚。

曾铖在手机里喊："喂，李选？"

李选说："听着呢！"

曾铖说："怎么不说话呢？"

李选说："说什么？我自己也不知道，正想着呢！"

曾铖说："不用想了，潜意识，这是潜意识。李选你潜意识里可能还在惦记那韩国男人。"

李选被他说得没了把握。难道，自己真的这么"潜意识"着？

她说："就算是吧，曾铖，这点儿事值得你想破脑门吗？"

曾铖像发表宣言，回答得掷地有声："当然值！我嫉妒了！"

李选说："真是喝多了你。少喝点儿！"

曾铖说："你别说我喝多了。"

李选说："好好好，你没喝多。我挂了啊，我同事还在等我呢。"

曾铖说："肯定是男同事。"

李选说："是。"

曾铖说："罗敷，你这个罗敷，伤着我了。"

李选叹口气说："唉，曾铖你真的太容易受伤了。"说完她怅然挂断了手机。

走回座位，小苏依然还是一副含情脉脉的神情。李选说她困了，上楼休息吧。小苏顺从地跟在她后面，在电梯里依然通过镜子认真地看她。李选被他看得有些恼了，愠怒地说，小苏你眼睛直啦？孰料小苏很有风情地应道，嗯！李选无奈地摆摆手，出了电梯自顾往房间走。小苏的房间和她挨着，但却是过门而不入，一直尾随在她身后。李选开了房门，听小苏说了声"李姐晚安"，心里的石头才落了地。房门在身后关住，李选靠在门上，一瞬间竟是万念俱灰的滋味。

第二天观摩产品流水线的时候，小苏低声对李选说，李姐我昨晚上喝多了——其实是晚餐的时候就喝多了，你别生气。李选想起来了，昨天晚餐招待方的确是灌了小苏不少酒。穿着连体工装的工人在身边走来走去。李选莞尔一笑，说，生什么气，小苏你别多想。小苏如释重负地耸耸肩膀。好像是约好了似的，曾铖这时候也发来一条短信：李选昨晚上我喝多了，跟你瞎闹了吧？别介意。但是对于曾铖，李选却不想莞尔一笑。她本来没什么，被曾铖这一提醒，反而感到有些气恼。闹什么闹啊，这些男人！李选在心里暗自发脾气——都把自己当"使君"啦？

没接到李选的回复，傍晚的时候曾铖又发短信过来了。是一首诗：

> 亲爱的，把我的心也拿去洗一洗
>
> 它悬空太久，孤单，痛
>
> 积满水火未济的灰烬
>
> 你务必把它洗净
>
> 亲爱的，洗净后请把我的心
>
> 放在你的心上晾晒
>
> 晾晒时间不能少于后半生
>
> 也就是从晾晒之日至心跳静止
>
> 亲爱的，当你把我的心拿走
>
> 就像拿走一件自己的衣服
>
> 从心跳的加速中我听到了渴望
>
> 那种由圆到缺的声律启蒙

亲爱的，把心放在水火之中再从心启动

万物天生一颗爱美之心

我爱你是因为你符合我的审美

你爱我是因为命运的安排

这时候暮色四合，斜阳温煦地洒进酒店的房间里。曾铖伸展双臂，以一种梦幻般的滑行姿态背道而驰的样子浮现出来。李选觉得她似乎看见了——这个曾铖，的确悬空太久，孤单，痛……他都经历了些什么？李选对艺术不是很能理解，但是，即使以那种《北京爱情故事》的方式来感受曾铖，她也能够被这样的一个男人打动。

离开上海的前一天，李选和小苏结伴去了上海市区。小苏在上海有位读研时候的同学，一定要请他们吃顿饭。这位同学姓王，开车带着自己的妻子和女儿专门来浦江镇接他们。接受这样的款待，李选完全是出于礼貌。饭桌上，小苏和他的同学开怀畅饮，王同学的妻子很贤惠，说，既然是老同学，就放开喝好了，回去她来开车。王同学的女儿也是四岁，和李选的儿子一样大，李选挨着小女孩坐，一直逗孩子玩。两个男人喝得很热闹，李选注意到了，他们不时用眼睛心照不宣地看自己。

被送回浦江镇的时候，已经很晚了。大家在酒店外面告别，王同学醉醺醺地趴在车窗里叮咛李选，李总你照顾好小苏啊！拜托啦！小苏的确醉得不轻，李选不扶着他，他便要就地不起的架势。李选勉力支撑着，尽量保持微笑，向着车里摆了摆手。好不容易进到电梯里，小苏依着李选，傻呵呵地笑，说，李姐，我同学把你当我女朋友啦，还问我你比我小几岁呢！这话不像是假话，被人看得那么年轻，李选心里还是有点儿高兴的。但是小苏的这个状态，实在又让她感到讨厌。

将小苏扶到房门前，李选从小苏口袋摸出了房卡，打开门把他弄进去。小苏跌进床上，趴着央求李选，李姐你别走，帮我弄口水，我渴死啦。李选皱着眉去冰箱里替他拿了罐可乐，刚递在他手里，就被他拽着不放了。李选甩手说，小苏松手，别闹了！小苏撑起身子，想要表达什么，手机却响了起来。于是小苏开始摸自己的口袋，摸来摸去，像捉一只唧啾着的麻雀似的，把自己的手机捉了出来。他看一下手机屏幕，笑嘻嘻地对李选说，老大，是老大。说着他炫耀地按下了手机的免提功能。

张立均的声音在房间里响起来："明天机票定好了吧？"

小苏直着舌头说："定好啦！"

张立均说："突然想起个事，明天走之前，你买份礼物给人家留下。"

小苏说："董事长放心，我也是懂事的，嘿嘿，这个我早想到了，已经办妥了……"

张立均声音沉下去："你喝多了？"

小苏说："和老同学喝了两杯，不多。"

张立均说："那早点儿睡吧，明天一早给我电话。"

小苏说："好，好的。李姐你帮我记着点儿——明早让我给董事长打电话。"

李选一直听着，此刻心里响亮地惊呼了一声。

张立均缓慢地问道："李总在你身边？"

小苏说："在，董事长你跟李姐说话不？"

小苏醉眼蒙眬地瞪着自己的手机，但是李选知道，张立均已经挂机了。

回到西安的第二天，小苏就被集团解雇了。李选站在自己办公室的窗前向下俯瞰，从十九层楼的高度望下去，小苏就像一只微不足道的蝼蚁。他上了自己的车，歪歪扭扭地开了十几米，突然冲上路面，像一头疯狂的野牛疾驰而去。李选抱着自己的肩膀，忍不住微微战栗。这个事实有力地释放出来的那个信号，令李选感到了震惊。她看到了，张立均能够这样不由分说地毁掉一个人的生活。正在唏嘘，办公桌上的电话响了，张立均在电话里简短地说，下午过来喝茶。

　　中午李选没有下去吃饭，心思纷乱地躺在办公室的沙发里。张立均的态度让她没了主意。她从未像现在这样清楚地认识到——自己是张立均的附庸。她依靠他，于是他支配她。这一切是能够改变的吗？现在的李选，害怕重新变得心如死灰，大半年的好日子，反而让她变得软弱了。她觉得自己的人生经不起颠簸了。这时候她就想起了曾铖。想起了曾铖，好像立刻又有了选择。即使以最世俗的标准来衡量，如今的曾铖也是一个说得过去的男人。李选在网上搜过，曾铖的画儿，最高卖过近百万。重要的是，李选认为自己已经爱上了曾铖。李选在手机上翻看着曾铖发来的那首诗，眼泪不禁夺眶而出。她由衷地觉得自己爱上曾铖，真的是命运的安排，于是急迫地给曾铖发短信，问他：曾铖，我真的符合你的审美吗？曾铖回复得很快，但她还是觉得太慢了。曾铖问：什么？她回：你发来的诗啊。曾铖回：诗？我发你诗了？她将那首诗发回给曾铖。曾铖半天回道：天啦！居然跟你演这出，喝多了喝多了，李选你不许笑话我！一瞬间李选的心就冷了。也许曾铖真的是喝多了才发来的这首诗，但这么长的句子，滴水不漏，显然不是一个喝多了的人能在手机上做到的。那么，这是别人发给曾铖的，曾铖不过是转发了一下……

可是李选却不怎么恨曾铖。这原本就只是一个将近三十年没见过面的小学同学——李选几乎是很平静地回到了常识里。尽管她心痛。她有些怜悯曾铖——这个男人，悬空太久，孤单，痛，真是太不靠谱了。

下午三点多钟李选去了尔雅茶舍。张立均早到了，蹲在一盆小叶栀子花前用喷壶给花喷水。李选坐在惯常的位置上，喝着惯常的祁红。张立均一边侍弄着盆景，一边问了几句她在上海学习的情况，对她说翻过年她就需要忙起来了，建筑保温材料这部分业务，集团要求她完全负起责任来。这本来是正常的工作部署，可李选却感到是生活正在向她索要应该支付的成本。李选应着声，过了一会儿，她装作不经意地问起了小苏被解雇的原因。张立均站起来，拍拍手，回到茶台前喝了口茶，说，我不喜欢公司同事之间姐姐弟弟地称呼。李选突然执拗起来，挑衅般地说，可是公司里比我小的人都叫我李姐。张立均不看她，说，那以后别让他们这么叫了，我是让你去做副总，不是让你去做李姐。在一家正规的企业里，这一套不合适。然后张立均补充道，你能想象吗，微软公司的人都把盖茨叫盖哥？这句话挺逗的，但是李选一点儿也笑不起来。又坐了一会儿，张立均起身说，走吧。

李选被张立均带到了附近的一家酒店。张立均去停车，李选一个人先进去了。张立均在车上把房卡交给了她。虽然只来过不多的几次，但李选已经是熟门熟路。

这套客房常年供张立均一个人使用，里面多了些他的私人物品，茶海，拖鞋，几本商业人物的传记，还有几只陶罐。李选把门给张立均留着，自己进了卫生间。没有关闭的房门发出嘀嘀的警报声，李选置若罔闻，脱掉衣服，把脑后绾住的头发披散下来。打开淋浴，蓬头的热水堪称滂沱。李选面对着墙壁，让水花从头到脚地在自己身上奔流。张立均上来了，她听到房间的门被重重地关闭上。过了一会儿，张立均进了卫生间，从身后抱住了她。李选没有回头，用手捂着自己的脸，让水流漫浸进嘴里，再轻轻地吐出来。张立均一动不动，双臂从身后环抱在她的腹部。

过了一会儿，李选让出位置，让张立均站在了水流中，自己裹起一条浴巾出去了。这条浴巾是紫色的，显然不是酒店的物品。但是李选不能确定，自己就是唯一使用它的女人。她站在房间的床边，用这条浴巾揉搓自己的头发。张立均的衣服搭在一把椅子上，写字台上扔着他的钥匙包、钱夹，还有手机。有双无形的手在操控着李选，让她向着那只手机走去。

她一点儿也没有感到紧张，以一种梦游般的姿态翻看着这部手机里的内容。这样的一幕曾经出现在李选的想象中：卫生间里传来哗哗的水声，一个女人用两只手（是的，两只手）握着手机……她打开了手机短信的收件箱。里面的内容无比繁杂，像阳光下投射出的影子，它的主人永远摆脱不掉的那部分东西，都呈现了出来。商场的阴暗倾轧，情场的虚与委蛇。一切那么波诡云谲，一切又那么稀疏平常。李选迅速地浏览着，像是在检索张立均生活的底牌。终于，当她看到那几条内容时，仿佛如梦初醒，被自己的行为惊吓得几乎要失声尖叫。她像扔掉一条蛇似的扔下了这只手机，继而赤身蹲在地上，将头埋在膝盖上，紧紧地抱住自己的双腿。

正准备睡，已经上床了。你喝多了？

昨晚喝多了？

没呢，在跟同学聊天。

……

五

曾铖春节前回到了西安。这次他先联系了雷锋。雷锋打电话给李选，兴奋地说："李选，曾铖回来了，我俩现在在一块儿，晚上一起吃饭！"

李选说："今晚可能不行，集团今晚开年会。"

雷锋说："开什么年会，没劲！老同学见面比那重要多了。"

李选说："雷铎你站着说话不腰疼，你现在自己做神仙，我可是个凡人，人在屋檐下呢。"

这个年会是很重要，起码被张立均强调得很重要。张立均通知各个部门和分公司，说这是对过去一年的最后总结，也是对于未来的展望，没有充分理由，任何人不得迟到早退。

雷铎说："什么屋檐，大家都不是活在野地里的，我也活在屋檐下。"

李选说："你是活在四百多平方米的屋檐下，或者是活在美国的屋檐下。"

雷铎从小就是学习尖子，一路被保送着读完了博士，其后成为国内最早涉足互联网的那部分人，在国外待了几年，如今住在西安，拿着美国绿卡声称自己已经提前退休了。

雷铎嘿嘿笑了一阵，说："你还是争取过来吧，能早点儿溜出来最好，我们等你。"

但是李选早不了。年会开始的时间在晚上七点，勉为其难，李选还报了个节目，她翻看制作好的节目单，自己的节目被安排在靠后的位置。李选想，要不自己就不过去了。她知道曾铖已经回来了，两人之间一直保持着短信联系——往往是曾铖在夜里发短信跟她说些比较煽情的话，第二天又懊悔地道歉，说他不记得了，一定是喝多了。渐渐地，在李选心中，曾铖都快成一个酒鬼的形象了。李选被他弄得有些无奈，也有了麻木感，好像也习惯了他的这种风格。但是李选并不反感曾铖，她承认，曾铖对她有种无法解释的吸引力，尽管也常常带给她某种无法抗拒的忧愁。

晚上的年会包在一家温泉山庄举行。集团的高层们围坐在张立均身边。本来李选不太适合跟他们坐在一起，她不过是子公司的一个副总，但是张立均示意她坐了过去。由于派发了年终奖金，上上下下都很高兴，上台表演节目的人都铆足了力气。气氛很热烈，好像一切真的是在蒸蒸日上。李选却心事惚惚。她不断地看手机，因为曾铖不断给她发短信：快来。你快来。快点儿李选。我们吃完了，在喝茶。雷锋也发短信催她，告诉她具体的地点。李选坐卧不宁的样子被张立均看在了眼里。他坐在她的右侧，不时回头不动声色地扫视一下。

轮到李选上台的时候，已经快九点了。她唱了首《因为爱情》。当唱到"因为爱情怎么会有沧桑，所以我们还是年轻的模样"时，李选不禁哽咽。她一只手握着麦克风，一只手攥着自己的手机。手机在轻微地震动，表明有新的短信进来。这一刻，李选像所有女人一样，在岁月面前百感交集。她的嗓音一般，但唱得如此动情，所以就博得了热烈的掌声。在掌声中，李选走下舞台，匆匆回到自己的座位，拿起自己的包，匆匆离去。掌声依然在持续，所有的人都在用目光追随着她。李选为自己的这种义无反顾感到骄傲。她想她做到了，她在心里问，曾铖，我听从了你的召唤，妈的你看到了吗？当她一走出年会的现场，不禁就像飞奔一样地跑了起来。

　　刚刚发动起车子，张立均的电话就打来了："你什么意思，大庭广众的！"

　　李选调整着自己的呼吸，说："董事长，我有自己的自由吧？"

　　张立均一时语塞，似乎也调整了一下呼吸："好吧，你好好的。"

　　他的口气令人费解，仿佛换了一个人。李选迷惘地开着车。她不明白，这个男人都是为了什么。她从他的手机中看到了那些短信，而那些短信，张立均否认自己接到过。反过来说，深夜再三出现的那些"神秘短信"，也是张立均发的。他想要什么？为什么要如此捉弄人？他这是怎么了？李选觉得这一切太玄奥叵测，像是用什么柔韧的材质在她的周围织就了一道罗网，而她刚刚的率然离席，就带着一股破茧而出般的激情。

但是到了地方，一切却平淡得令人气馁。曾铖和雷锋倚在沙发里，看到李选，像是看到了一个茶楼的服务生。还有一个挺胖的女人坐在曾铖的旁边，李选一眼就认出了她是李兰。李兰很热情地过来拉起李选的手说，猜猜我是谁？李选也热情地说，李兰，你是李兰。于是当年的两个女生做出亲昵状。雷锋干涉道，李选你坐我身边儿。李选说，为啥？雷锋分赃似的讲出他的道理：你看，咱们四个小学同学，上了初中就分道扬镳了，曾铖你跟李兰上了同一所中学，把你的人弄走；李选咱俩上了同一所中学，你是我的人。李选嗔道，谁是你的人？说着她看了眼曾铖。曾铖可能之前喝酒了，脸有些红，神情漠然。李选心里有些不快，忽然觉得自己手机短信里那些火热的召唤并不是出自这个人之手。

雷铎指着曾铖问李选："这人是谁？"

李选平静地说："是曾铖吧，还是老样子。"

曾铖说："李选你也还是老样子。"

雷铎揭发说："什么老样子，弄得跟铭记在心似的，曾铖你不是说记不清李选长什么样了吗？"

曾铖说："现在一见就记起来了，这人刻在我心里。"

李选有些紧张，觉得曾铖还是木然一些好。她怕他继续说出什么离谱的话。

李选坐在了雷铎的身边，问道："你们喝酒了？"

雷铎说："我没喝，他俩喝的，而且基本上算是李兰喝的。曾铖喝得还没李兰多。"

这时候服务生进来问李选喝什么茶，李选随口报出了"祁红"。

大家开始说起一些童年往事，继而说起了各自的现状。雷铎说他不喝酒，是因为"封山育林"，有"造人"的重任在身，年近不惑，他现在迫切地想要孩子了。李兰避而不谈自己的家庭，说了阵自己买房子的事。雷铎对西安的地产界很熟悉，给了她一些建议。当雷铎把话题引向李选时，李选叫道，雷锋你别那么嘴快，我的事儿对外保密。这时候曾铖开口说，那李选你把我们当外人了。李选说，也不是，是那些事儿鸡毛蒜皮，无足轻重。曾铖低头像是自言自语了一句：真的是无足轻重吗？说完他就不吭声了，又点着一根烟。他抽烟抽得太凶，几乎没有间隔。李选看到他身边的李兰很自然地把这根烟从他嘴上摘下来，在烟缸里摁灭了。接着又说了说其他同学的现状，一边说，一边各自联络能够联络上的。渐渐有了共识，大家找时间正式聚会一次，地点就定在雷锋家——雷锋家宽敞，楼上楼下有四百多平方米。整个气氛有些小小的激动，又有些隐约的索然。

坐到快十二点，四个人从茶楼里出来，雷锋拉着曾铖去找人打牌，李选说她送李兰，李兰却说自己家就在附近，过了街就是。这家茶楼在一条仿古街里，车子不让开进来，他们一起往巷子外走，雷锋和曾铖走在前面，李选和李兰走在后面。两个男人在前面勾肩搭背的，两个女人并肩走着，却都感到无话可说。李选看着曾铖的背影，内心似乎突然有所期待。真的是很神奇，当这种期待的念头刚刚生出，李选就看到前面的曾铖甩开了雷锋的胳膊，伸展双臂，沿着路面薄薄的积冰，以一种梦幻般的姿态滑行起来。

李选自己都没有觉察地笑了，有种欣慰之感。身边的李兰轻声说，这个曾铖，永远是个没长大的孩子。李选注意打量一下李兰，路灯下李兰的影子都显得沉甸甸的。李选想起了曾铖说过的话：曾经那么轻的一个女生，被岁月弄成了这么重，难道不令人心碎吗？而且，这种分量的改变是跟我们同步的，由此及彼，我们就看到了我们的不堪……

可不是吗？

李选的车刚开到自家楼下，曾铖的电话打过来了。

曾铖说："李选你不高兴了吧？"

李选熄了火，坐在黑暗的车里不言不语。她是感到不愉快，但还没有到生气的程度。她赶去见了这几个人，性质上都有些义无反顾的意思，结果去了之后，曾铖却完全是一副视而不见的态度。对此，她也难以指责什么，因为她难以想象，如果曾铖不冷漠，又会是怎样的局面。毕竟，大家都是这样的年纪了，已经羞于当着别人的面再去炽热地表演。

李选说："嗯，不高兴。李兰挺高兴的吧？"

曾铖说："她高兴什么？"

李选说："又见着你了呗。"

曾铖说："那你也是又见着我了。"

李选说："我不一样，我又不会把你嘴上的烟拿走。"

说完这话李选有些后悔，问道："雷铎不是拉你打牌去了吗？"

曾铖说："我没去，没心思。"

又说："我的心思全在你那儿。"

李选说："在我这儿怎么见了又不理我？"

曾铖沉默了一会儿说："李选我想你，我就是想看看你。"

他的语气让李选想到了自己的儿子。李选觉得曾铖说的这句话，就像她儿子的那种语气——妈妈我想你，刚才我一想你，就闻一闻你的衣服。李选的心柔软了。她打开拉手箱摸出一包烟，给自己点着了一根。李选平时不抽烟，只在心情特别不好的时候才抽一根。

李选闭着眼睛说："曾铖我问你个事儿。"

曾铖说："嗯。"

李选尽量让自己的声音不显得那么愚蠢，她说："我有个女朋友，在一家公司做事，她的老板对她不错，两个人也上过床——但并不牵涉感情。后来这个老板突然经常在夜里给她发短信，但又否认是他发的。他这么做，是为什么？"

曾铖好像也点了根烟，李选似乎可以嗅到烟雾从他那里弥散而来。

曾铖说："我想，这个男人是为了得到她吧。"

李选说："可他已经得到了。"

曾铖说："我们说的不是同一个概念。他想得到她的情感，你说了——这两个人不牵涉情感。"

李选说："通过这种方式，他就会得到她的情感了？"

曾铖说："有可能的。这是邪恶的游戏。那个女人因此会臆想，会揣测，甚至因为臆想和揣测而嫉妒，会生出怪异的热情，变得跃跃欲试，因为她会被谜面所吸引。"

李选深吸口气，被烟呛得轻微咳嗽了一下。"那么，得到了她的情感，他又能如何呢？他绝对没有让她做妻子的愿望——她也从来没这样指望过。"

曾铖说："但他会有满足感。这种满足感，远远大于肉体给予人的满足。"

李选说："仅仅为了自己的满足，就玩弄出这样的花招？这么做，不可耻吗？"

曾铖沉吟着说："我觉得这个男人可以被原谅，他可能也很孤独。"

李选有种空洞的愤怒："凭什么原谅他，他这是在捉弄人！"

曾铖说："那个女人一定很漂亮——而万物天生一颗爱美之心。"

李选觉得一下子无力了，嗫嚅着问："难道一个女人漂亮了，就应当被这样捉弄？"

曾铖说："从某种意义上讲，这就是一个漂亮女人的宿命。你是一个罗敷，就要面对纷至沓来的使君，你让人踟蹰，自己也要踟蹰。"

李选虚弱地自辩："不是我，你别往我身上扯……"

曾铖不作声，过了很久，他说："李选我想看到你。"

李选说："你在哪儿？没回家吗？"

曾铖说："就在家门口。"

曾铖没有像李选想象的那样站在深夜的街头。他父母家的对面有一家不大的酒吧，李选到了的时候，曾铖已经喝掉了半打啤酒。太晚了，酒吧里很冷清，除了曾铖，只有一对看不清男女的客人坐在暗处的角落里。曾铖没有脱外套，给李选的感觉就是"悬空"着的。那样子，就好像他跟摆在他面前的那些啤酒瓶，那些蒙上水汽的玻璃窗，挂在墙上的轮胎、海报、爆米花机等等，完全没有一点儿关系。

李选在曾铖身边坐下，曾铖的手揽一下她的肩膀，她就依偎在了曾铖的肩头。李选说，你看上去不大好。曾铖说，是。又说，你好像也不见得比我好到哪儿去。李选的眼眶中噙满了泪水。她说，曾铖，我苦。曾铖说，我知道。李选说，你不知道。曾铖说，我知道，你都告诉我了，尿布，白菜，乳疮……李选拼命地摇头，说，不是这些，不仅仅是这些，能说出来的，其实都不是真的苦。曾铖说，嗯，我知道，所以我不对你说我的事儿。李选抚摸着曾铖的脸，他的脸很烫。如此贴近地看，他的脸似乎完全变得陌生了，显得多么疲惫和衰老。李选说，你不说我也知道。

曾铖说："大家都是从苦里熬出来的，像熬成了药渣的中药。"

李选说："差不多。我三十多岁才嫁人，就是因为之前……"

曾铖说："李选你不要说，我不想听，听了只能让我不安。"

两个小学时候的同学在这一刻像一对多年的挚友枯坐在浩大的岁月面前。这也许就是他们邂逅的全部意义和价值。他们喝着酒。李选的手机不时发出震动。起初她还看一眼，后来就不看了。她向曾铖问起了那首诗，问他真是酒后发来的吗？曾铖避而不答，说那首诗其实挺庸俗的，却有一句打动人心——万物天生一颗爱美之心。他说这是以一当百的借口，也是以一当百的理由。李选上了趟洗手间，她有种很强烈的错觉，那就是回来后她就看不到曾铖还坐在那儿了。

后来李选问："曾铖你也是那样的男人吗？"

曾铖说："哪样？"

李选说："为了满足什么就去捉弄女人。"

曾铖说："其实，当男人捉弄女人的时候也是在捉弄着自己。"

李选说："曾铖你还相信爱情吗？"

曾铖说："我对你说过，我不信了，但我要求自己必须还得一次一次地去信，没有了这种相信，我们会活得更加糟糕。还能试图去爱，会让我们显得比较像一根还有被煎熬价值的药材，而不是已经成了可以废弃的药渣。"

李选说："但是我不信了。"

曾铖说："李选你依然渴望爱。"

李选说："也许是。但是过了今夜，从明天起，我就不再允许自己渴望。从明天起，我要做一个废弃的药渣，要告别那些让自己神魂颠倒的煎熬，简简单单地，哪怕是麻木地生活。"

她把此刻与曾铖的会面也当成了一个年会，用以总结过去和展望未来。

曾铖一只手支着头，闭着眼，表示一种沉默的赞同。

他说："好吧李选。不过人在渴望着什么的时候，一般会尽量让自己显得瑕疵少一些，尽量让自己显得不那么恶心……"

李选突然失声哭泣。她抽噎着说："可是妈的人就是挺恶心的。"

曾铖并不安慰她，默默地喝着酒。

李选说："曾铖你得逞了，我对你动情了。可我知道，你从没想过和我实质性地去相爱。"

一辆车从窗外驶过，车灯无声地从曾铖的脸上扫过。他捂着自己的脸，呻吟一般地说："可是李选我觉得我爱上你了。"

李选说："使君站在罗敷面前的时候，也会觉得爱上了这个女人。"

曾铖说："分不清了，我已经分不清这些爱与爱之间的区别……"

李选呆呆地说："男人真可怕。"

服务生过来委婉地提醒他们该打烊了。两个人几乎是同时无言地站起来。

外面很冷，不知道什么时候下起了雪，街面上一片银白，人行道上的积雪踩上去让脚底有种轻微被吮吸的感觉。开车门的时候，曾铖抢先坐进了驾驶位。他说，他不能允许自己和一个女人坐在车里时，是由女人来开车的。李选说，可是你喝多了。曾铖说，你不也喝多了吗？李选站在车外，一时间，脑海里浮现出这样的画面：曾铖驾车而去，将她一个人扔在了深夜雨雪交加的街头。这幅画面很逼真，但的确没什么意义。曾铖的胳膊从车窗伸出来，打着催促的手势。李选摇摇头，绕过车头上了车。车子启动起来，感觉像是滑行在冰面上。李选想起了曾铖在夜晚的大街上滑着走的样子。李选说，曾铖你永远是个没长大的孩子。雨刮器摆幅稳定地在眼前刮过来，刮过去。他们没有目的地。但仿佛都对要去的地方了然于胸。那也许就是李选所决定的去处——过了今夜，就是药渣的人生。他们为了告别而向前驱动着车轮。

李选说："曾铖你身上有股味儿。"

曾铖说："酒味儿吧，还是烟味儿？"

李选说："都不是。"

曾铖使劲嗅了嗅，说："那可能是松节油的味儿。"

李选说："画画用的吗？好闻。"

车子在这一刻飞快地闯过了一个红灯。车身震荡了一下，有一声闷响。直到驶出几十米后，两个人几乎同时低叫了一声。车子刹住了，曾钺脸色煞白地看向李选。刚刚他的脸上还是通红的。

当他们下车跑向那个倒在远处的一团红色时，李选再次看到了曾钺踉跄滑行的样子。

那的确是一个穿着红色羽绒衣的女人，蜷缩在雪地上，感觉很厚实。曾钺蹲下去看了一眼，有两三秒钟的时间，李选以为他要去抱这个人。但是曾钺又迅速地站了起来，眼睛直视着她。李选在那一刻，看到的是他的脖子上又一次神奇地裹着条凭空而来的围巾。

在这之前和在这之后，李选都不会想到自己生命中居然会有如此镇静的时刻。她捧起了曾钺的脸，踮起脚尖，深深地吻他。她想让他永远记得，她的嘴唇竟那么柔软，让他在这一刻，再次感受女性的嘴唇会那么柔软，给他喻示出所有女性的嘴唇，再次对他启蒙，无以复加，让他其后亲吻着的女人的嘴唇，也就只是嘴唇了……

李选推开曾钺，说："走！"

曾钺呆呆地站着。

李选说："你快走！"

曾铖望着她。

李选说："酒驾，闯红灯，你找死啊！"

曾铖怔忪地说："你也喝酒了……"

李选说："我喝得比你少。"

这当然不是理由。

曾铖呼出大团的雾气。世界被消了音。飘着雪的夜晚弥散着的是一种奔涌的寂静。

李选开始用手机报警。

曾铖歪着头说："李选，你确定？"

李选觉得自己的眼睛都冒出火来了，这一刻她觉得眼前这个人比眼前这件事更可怕。

她冲着他声嘶力竭地喊："走！你走！"

曾铖转身走了。走出几步，他伸展开了双臂。

六

曾铖电话打进来的时候，李选在医院里守着昏迷不醒的受害人。

这是一个看上去不到二十岁的姑娘，身上找不到任何可以查明身份的线索，没有证件，没有票据，没有手机，仿佛从天而降。她随身只带了一只洗漱包，里面装着甘油，避孕套，湿巾。警方推断这是一名深夜谋生的"失足妇女"。——这个指称让李选觉得极不准确，她觉得这只是一个女孩，绝对不是妇女。同时，"失足"也让李选觉得，好像是这个女孩一不留神，自己跌进了这起事故当中。

按理现在李选应当待在拘留所里。但她当天夜里报警之后，紧跟着拨通了张立均的手机。一切都由张立均去处理了，张立均以他一米八的身姿站在现实的逻辑里，堪可处理这桩极具现实感的事件。李选只需要守在医院。受害人的安危将决定这起事故的性质。

这个"失足妇女"被送进医院做了开颅手术后，已经昏迷了三天。其间雷锋给李选打电话，问她曾铖出什么事儿了——怎么春节也不陪父母过了，一个人跑到了海口？李选说，他去海口了吗？我怎么知道他出什么事了？雷锋说，李选你别瞒我，我看得出来，你跟曾铖有事儿。李选说，雷锋你别瞎猜，我真的不知道他的事。

曾铖在电话里问李选："李选你还好吗？"

李选说："还好。"

说着，她看了一眼坐在病房里的张立均。张立均是刚过来的，这几天他天天会到医院来看看情况。张立均好像等候着她的目光，他面无表情却又显得饶有兴味地看着她，就像是一个医生看着一个病人，一个法官看着一个证人，一个主人看着一个客人。

曾铖问："伤者的情况呢？"

李选说："还昏迷着。"

曾铖说："你告诉我卡号，我打钱给你……这种事，少不了用钱的……"

将这件事情落实在"钱"上，似乎令曾铖痛苦，听得出，在他那种听起来漫不经心的声音背后，伴随着不断地深呼吸。

李选说："不用。"

曾铖最后说："你看李选，现在我成一个肇事逃逸的人了。我知道，李选，你不愿让人知道有我这样一个家伙存在——那天夜里，你的眼神告诉我了。那一刻，我感到你将我当成了一个对你有着极大妨碍的敌人。可是我真的想问问你，既然是这样，李选，为什么你还会那么深沉地吻我？"

　　李选认为自己听到了貌似啜泣的声音。她在内心不遗余力地告诫着自己，冷静，麻木，做一个简单安宁的药渣，那天夜里，你已经与所有的踟蹰做了告别！

　　李选挂断了手机，向张立均轻松地侧下头，说："一个老同学，知道我出事儿了，问我需不需要钱。"

　　说完，尽管竭力不去那么想，但是李选依旧觉得自己陡然平添了一些底气，仿佛成功地在一场竞赛中领先了什么。

　　张立均揉一下鼻子，不置可否。

　　这时候病床上昏迷已久的人用一种指控的语气发出了呓语般的呻吟："我看见了，一个男人，一个男人，一个男人……"

　　须臾间，李选仿佛看到"一个男人，一个男人，一个男人"，络绎不绝，以一种四列纵队般的规模向她走来。

　　他们既像是在被她检阅，又像是检阅着她。

中

部

七

　　两人目光相对的一瞬，张立均仿佛再次看到了当初那个站在自己面前，并且将自己深深打动了的女人：带着儿子，脸上显然有些浮肿，眼线没有画均匀，鞋子上也有泥巴。然而——不是丑，是憔悴。张立均不禁又要暗想：是什么人，是谁，把这个女人弄成了这样？此刻的李选，貌似镇定地通着话，但在张立均看来，她的内心想必却是仓皇不已的。

　　昏迷中的女孩发出了呻吟，张立均仔细辨听，"一个男人，一个男人，一个男人"的呢喃，像控诉，像指认，传至耳中，弥散开，倒又像是福音。他以拳击掌，暗暗吁出口气。即便一米八的张立均善于处理现实中的难题，但一场致人死亡的车祸，对谁来讲，都将会是一个天大的麻烦。现在女孩苏醒了，无论如何，是件值得庆幸的事。大夫对张立均说过，原则上讲，伤者苏醒过来的概率只有一半，可一旦恢复意识，转危为安的可能性就很大了。张立均感觉自己此刻像是抽中了彩票，但旋即又想到，这本不是应该由他来承担的压力，连日来他却因此心神不宁，转念间，便又有了一些不快。

观察一下呓语着的女孩，张立均转身出了病房，通知护士去喊主治医生。随后，他并没有返回去，而是走出了住院部的大楼，为自己点了一支烟。

雪停了，空气反而更加清冽。融雪的时候，世界被对比成了简单的黑白两色，冬日的萧索因此愈发分明，显得不由分说。隔着一堵院墙，旁边是一处尚未竣工的建筑工地。现在是季节性的停工，盖了一半的大楼寂寥地矗立在料峭的冬日里，像是一个被人扒光了衣服的人，看着就让人感到不寒而栗。工地是这家医院在建的门诊大楼，同时也是张立均公司的一个项目，他指定将伤者送进这家医院，不过是提前做好预案，有备无患，万一以后有什么需要，也会更加方便一些。他这样的人，多年来，未雨绸缪，已经习惯于将一切筹划得百无一漏。他不允许自己在遇到麻烦时才发现之前是毫无准备的。

那么，对于眼前发生着的这一切，张立均之前有所预

110

见吗？老实说，一切的确出乎了他的预料。令张立均意外的，并不是这起车祸本身，而是当这样一起严峻的事故摆在面前时，他内心里所经历的那种复杂的踟蹰。

当天夜里张立均接到李选的电话后，完全是凭着本能在做事——他和这个世界你来我往地切磋，遇到危机，下意识就会唤起要去克服和摆平的意志。在电话里，他首先给李选指定了医院，然后，他以包揽一切的态度给事故辖区的交警队打了电话，关照过后，自己也驱车赶到了现场。

那时接到报案的警察已经赶到，伤者也被救护车送走，作为肇事者的李选正在配合警察进行酒精检测。雪夜中，警灯无声地闪烁着，将李选的脸映照得忽明忽暗。张立均站在外围，觉得这一幕似曾相识，仿佛自己在某个梦中经历过。他常常会有这样的感受，庙里的师父告诉他，有这种感受的，都是些深具慧根的人，这些似曾相识的画面，其实都是来自他前世的经验，或者说，这些都是他的宿命。张立均由此相信了轮回，相信了一切皆有天定。酒精检测仪发出了蜂鸣报警，张立均心头一沉。看来，酒驾是不争的事实。警察立刻准备对李选采取措施，张立均连忙走到带队的交警面前，低声耳语了几句。对方疑惑地给自己的上司打了通电话，然后，允许张立均将李选带离了现场。

李选的车被警察扣留，她默默地坐进张立均的车里，感到寒冷般的抱着肩膀，始终一言不发。张立均的车子已经开出很远了，她才突然冒出一句：董事长，你在年会上也喝了不少酒吧？张立均有些哭笑不得，说道，可是我并没把人撞飞。直到此时，他仍然没有觉察这起事故会有什么异样。在张立均眼里，李选制造出的这个麻烦，就是日常诸多麻烦中的一个，充其量，算得上是一个比较大的麻烦而已，通过关系，处理起来应该不至于太棘手。甚至，他已经在心里盘算了摆平这个麻烦所需要付出的代价。三十万，这是张立均大约估算出来的数目。他只是有些诧异，问李选，后面的宴会你并没参加，在哪儿喝的酒？李选无力地说，我去见了个老同学。张立均看她一眼，不再发问，开始给那家医院的院长挂电话。

他们去了医院，伤者正在抢救，院方安排了最强的医疗队伍。张立均让李选留下，自己驱车去了交警队。交警队的支队长姓李，是张立均多年的熟人，当夜恰好值班。张立均进去的时候，李队长正在监控室调看事故的监控录像。如今满大街都是摄像头，事故又发生在市区的主干道上，监控镜头完整地还原了一切：车子从红灯下疾驰而过，路人飞了起来，一个男人从驾驶座下车，继而是李选，他们跌跌撞撞跑到了伤者的跟前，后来，在深夜的街头，在漫天的雨雪中，两个人相拥而吻……

这一幕，斑斑驳驳，颇像一部老旧电视剧中的画面。张立均默默地看着，居然有些失神。李队长说，看到了吗？肇事的是这个男人。张立均回过神，有种恍然的滋味，就像一个凭着直觉赶夜路的人，陡然发现了道路的崎岖。但他又没有太多的惊讶，似乎这崎岖的夜路，天经地义，也应该在他的预计之内。

画面中的那个男人正摇摇晃晃地离开，走了几步，像只鸟一般张开双臂滑行起来。监控室里的屏幕有几十块，这个镜头同时出现，叠加着，就好像有一群鸟在雪夜中整齐划一地展翅欲飞。

在交警队里，张立均不想令事情变得更加复杂，他说，李队，这个不重要吧，他们报了警，就表示愿意承担责任，至于谁开的车，这个咱们就不去细究了吧？李队长说，问题是这个男人离开了，严格说，也算是肇事逃逸吧？张立均点头认可，示意李队长换个地方说话。

两个人去了李队长的办公室。换了场合，李队长开门见山，直接说道，张总，这起事故的性质怎么定，现在完全要看伤者有没有生命危险，人如果死了，肯定要追究肇事者的责任，如果死不了，我这里也许还有些余地。张立均心里矛盾着，差不多生出了想要放弃插手此事的念头，但不知为何，嘴里却说道，我清楚，所以拜托了。李队长接着说，你也知道了，这个女的也检出了酒驾，我不明白由她来顶还有什么必要。这也是张立均所疑惑的，但此时他来不及细想，只好说，你看李队，当务之急还是先抢救伤者，事故的处理，你这里先暂时放一放怎样？如果人没事，我们那边做工作私了算了。李队长沉吟了片刻，终于点了头，说，我可不敢给你打包票，要是伤者的家属来闹事，我这儿想瞒也瞒不住。张立均再次合掌道，拜托了，伤者那边我会尽量安抚。

离开交警队后，张立均并没有马上启动车子，他在车里坐了许久，心里将这起事故大致梳理了一番：有个男人驾着李选的车闯了红灯，肇事后跑掉了，然后李选顶了上来，但她也被查出了酒驾，现在，这堆麻烦却摆在了他的面前，而他，刚刚出面游说了交警队的关系……张立均一时难以理解，自己是处于怎样的动机，才伸手接下了这个大麻烦。肇事者如果就是李选，那么一切倒是可以说得通，但那个鸟一般作势欲飞的男人，此刻却一再从张立均的脑海中历历掠过。

张立均回到了医院，上到医院的大楼内，远远看到李选抱着肩膀在手术室门外空旷的走廊里踱步。一时间，他又改变了主意。他转身离开了。他觉得自己现在没什么好跟李选说的。

伤者手术后昏迷了三天。这三天张立均的态度莫衷一是，甚至，偶尔还会生出这样的念头——何妨让这起事故彻底恶化？如果伤者没有被抢救过来，李选背后的那位"老同学"，势必就需要出来担负责任了，这已经属于刑事案件，李选还有可能揽下来吗？但是，目睹着李选日渐憔悴下去的样子，他的心里便也不由得要跟着往好的一面去盼望。尽管李选在竭力掩饰着内心的虚弱，但从她的神情中，张立均可以感觉到这个女人对于自己的依赖。这一点，唤起了他身上那种作为一个一米八的强者的意识。张立均觉得，如果在这件事上自己撒手不管，只会令自己显得小气，况且这也不是他做事的风格。可是，全然去接手，他的心里又是那么别扭。复杂的情绪交错着，令张立均不知所以，很难有个决断。

一支烟很快就抽完了，张立均扔掉烟蒂回过头，却看到了身后的李选。她不知何时悄无声息地站在了背后。

"医生让我出来，他们在做检查。"李选说。

张立均点点头，说："坐到车里吧，外面太冷。"

李选却说："还是在外面透口气吧，病房里太闷了。"

张立均一怔。他已经习惯了别人对他的言听计从——尽管这只是一个小小的拂逆。

李选伸出手说："给我支烟。"

张立均照办了，同时又为自己点燃了一支。

他说："人醒过来就好办了。"

李选干咳起来，像是被烟呛了一下，同时用手拢紧自己外套的领口。她没有化妆，整个人都是凌乱的，风吹散了她的头发，将她低垂着的脸掩去了一大半。

张立均自顾说道："如果人死了，想压下来难度就比

116

较大了。"

李选用手拂开眼前的乱发，面无表情地大口吸着烟。三天来，尽管家里的保姆会换着替她守在医院，但她显然已经被这件事搞得身心俱疲。她的脸色很差，眼底都布满了血丝。

张立均说："李选你想好，这件事情的麻烦恐怕还在后面。"

李选低着头说："我知道。"

张立均心底倏忽升起一股恶意，他冷冷地反问："你真的知道？"

李选看看他，眼神中有了惶惑和无助。这让张立均打消了刚刚萌生出的不满，他不愿进一步逼迫这个女人。

"当然，"他吸口烟说，"所有的麻烦最终都会落实到赔偿上。在这个意义上说，人死了可能比活着更简单些，那样一次性赔付就算完事儿了，活着的话，没准会纠缠你一辈子。"

李选怔忪着，她好像并没有听懂张立均的话，其实不过是内心在有意规避这样的想象。

张立均说："交警队已经发了寻人启事，正在找伤者的家属。女孩的身份被查清楚，这只是早晚的事，下来，除了应付交警队，你最大的麻烦是要去面对这女孩的家人。交警队那边还好说，但是伤者家属这一边如果不依不饶，可能会让我们特别头痛。"

张立均自己都没有觉察，在不知不觉中，他的话里已经将李选置换成了"我们"，这就表示，他是和李选并肩着的，他并没有置身事外。

李选也许并没有听出他话里的声援，依旧木然地说："事情已经发生了，头痛是免不了了，除了去面对，我还有别的选择吗？"

在张立均听来，她这番话说得太轻松了，大而化之，仿佛是在说一个不痛不痒的小毛病。他不禁再次恼火起来，心想，还是有必要让这个女人充分认识到事情的严峻性的。他很想脱口说出自己已经看过事故的监控录像，已经知道李选是在不自量力地替那位"老同学"担责。但话到嘴边，他又咽了下去。他觉得自己无法对着李选去追究出另一个男人的存在，起码此刻不能，那样一来，就仿佛自己是在嫉妒。他要在李选的面前维护住自己那种超然的姿态，而去追究李选背后那个鸟一般的男人，张立均觉

118

得，就是对于自己的拉低。

张立均说："如果对方狮子大开口，提出的赔偿要求完全在你的能力范围之外，你怎么办？别忘了，你是酒驾，保险公司不会理赔的。"

李选迷惘地看着他，好像他说出了什么莫名其妙的话。张立均解读她的目光，她似乎是在诘问——不是有"我们"吗？会有什么要求，是超出"我们"能力范围的？这样一想，张立均立刻便气馁了。正在懊丧，李选突然说：

"董事长，你放心，我能力有限，但这事既然我惹上了，我就会去面对。"

她说得这么铿锵，不禁令张立均有些失落。张立均不安地意识到，也许自己被人所依赖，只不过是个错觉，而这个李选，其实已经有了她自己的底气（会是来自那个鸟一般的男人吗？）。这个想法是张立均无法接受的，还颇为让他紧张，他完全无法认可自己被李选从这起事故中排除出去的局面。既然已经插手，在这件事情上，他就不愿意做一个局外人了。

张立均说："是吗？你想过没有，即便你有办法承担经济赔偿，但对方如果要求对你进行法律追究，你该怎么办？——酒驾酿成的事故，受害者受了重伤，这够得上交通肇事罪了。"

说完张立均立刻便感到有些后悔，认为自己讲得如此严峻，有些恐吓的味道在里面。

李选很认真地看着他，以一种几乎是理直气壮的口气说道："我知道，你不会让我那么被动。"

这句话对张立均太有效了，他完全无法反驳。不错，他不会让这个女人那么被动。可是，她说得多么自信啊，而这种自信，她究竟是从何而来的呢？此时如果是由李选来问"怎么办"，那么张立均会容易回答得多，作为一个被求助的人，才是他习惯的角色；可现在却恰恰相反，李选并没有那么多的问题，反倒是张立均，在不断诱导般的向李选发问。这让他沮丧，感到事情完全是拧巴着的。

一位护士出来招呼他们："病人已经醒过来了，你们进去看看。"

张立均却决定离开。采取与这起事故若即若离的态度，是他目前选择的姿态。他抬腕看看手表，顺嘴对李选说：

"我先走，集团还有个会要开，有什么情况你打电话告诉我。"

车就停在住院部的门口，上车后，张立均透过车窗去看李选，倏忽觉得这个女人也像那栋停工的建筑一般，站在风里，成了一个被扒光了衣服的人。但他立刻又开始质疑起自己的这个想象，他想，自己可能又是在一厢情愿了，这个女人也许并没有他所以为的那样虚弱。他使劲摇了摇头，让自己清醒一些，少一些这种颠颠倒倒的揣测。

车子发动起来时，张立均才想起，并没有一个会议等着他去开。年会之后，集团已经放假了——而这个事实，李选当然也是知道的。这就令他像是随口撒了一个谎，那么，李选会怎样看待这个拙劣的谎话呢？诸般相悖的情绪让张立均恼火不已，知天命的年纪了，他不记得自己的心思已经多久没有这样患得患失过。

无处可去，张立均只好去了集团总部。

整整一层楼的办公区域阒无人息，留守值班的保安也不知道跑哪儿去了。这栋写字楼在西安也算得上是顶级的了，但此刻却俨然一座空旷的废墟。张立均叫了两声没人回应，转身下了一层楼梯，去了尔雅茶舍。茶舍的门也紧锁着，好在平时也是他自己来这里喝茶，雇的那位服务生基本也派不上什么用场，所以此刻他也没有感到太多不适。他用钥匙开了玻璃门，进到里面，脱了外套，开始为自己烧水泡茶。

烫杯温壶，净手洗茶，一整套程序下来后，张立均仰身枯坐在沙发里。他摸出手机，想要发一条消息给自己的妻子，按亮屏幕后，才意识到现在正是美国的深夜。

张立均的女儿今年十九岁，在美国读书，妻子也跟出去陪读了。本来春节前张立均是准备飞去美国与她们一同过节的，但李选出了这起事故，仿佛给他提供了一个理由，他便很自然地打消了出国的念头。现在，他开始琢磨自己的这个决定，思忖着，其实自己这样选择，并非意味着李选的分量在他心里大于自己的妻女，他只是顺水推舟，因为从内心深处，他并不想跑去美国度过这个春节。

没有几个人能看出张立均的婚姻深藏着暗流。他的事业做到今天这样的规模，很大程度上是拜了他的妻子所赐——他有一个身居高位的岳父，而这一点，才是他成功的基石。同时，这也注定了他们夫妻之间关系的基本状态。那个女人，他的妻子，放肆而跋扈，在几十年的婚姻生活中始终处于强势的一方。最致命的是，生孩子前后，那个女人还有过一段昭彰的婚外恋情。张立均为此经历了不堪回首的往昔，如今虽然已经风平浪静，可他觉得，自己的这一生，已经永远留下了无法治愈的暗伤，那块疤，甚至会带到下辈子去，此生所谓的幸福，不过只是别人眼里的事情。他有一个压根无法对人启齿的猜度——他怀疑自己的女儿也非自己亲生。但这个猜度他又从来不去尝试着证实，因为是与否的结果，都会令他感到绝望。他宁可留下这样一个悲伤的假设，暗藏于心，时刻提醒自己，无论眼前是何等的风光，自己人生的底色都是值得存疑与警惕的，是经不起检验的。他不能原谅那个女人，于是不惮用最屈辱的假设来想象自己的命运。神奇的是，这个凶狠的假设在某种程度上却安慰了他。因为没有被求证过，所以它不免就像假的一样，具有了一定的虚构性，这种"假"和"虚构"，阴差阳错，自欺欺人，反而成功地起到了安慰张立均的效果。

半年前，李选出现了。她做梦也不会想到，自己在张立均的心里，被当成了另一个女人的投射。李选的父亲当年也有恩于张立均，这一点，正好和张立均的故事对应在一起，当李选以一个落魄者的角色站在张立均面前时，恰恰极大地满足了张立均幽暗的心理需求。他非常乐于在这个女人的面前扮演一个救世主，不但要支配她的身体，更要在情感上完全地覆盖她。当然，这些情绪是逐渐加强的，当李选自觉地将他们的关系确定在那种心照不宣的原则里时，张立均渐渐地感到了不满。那是一种莫名的不满，他也无法梳理出自己不满的理由，只是觉得如果也被李选这样自觉地屏蔽掉，他就会无可避免地陷入更加失败的人生——其实当然不至于这么严峻，但张立均如今已经习惯了所向披靡的成功，刚愎自用的一面会令他放大自己遇到的不如意。张立均不想只是和某个女人去践行那种现实的原则，他并不缺乏那样的机会，但那并不是他所渴求的。他所缺乏的，他知道，只是那种来自某个特定的女性无以复加的爱与服从。而李选，完全具备他心目中那个特定的女性的条件。于是，鬼使神差，他向李选发出了那种诡计一般的短信。他一方面试探与诱导着李选，一方面也填补着自己内心的罅隙。这让他几乎像是置身于一场青涩的恋爱之中了，有一些忐忑，也有一些狂热。这种滋味是张立均从未尝到过的，他在知天命的年纪里，开始补上人生的这一课。但冷静下来的时候，他也清楚，李选只不过是他平衡自己倾斜生活的一根扶手，她并不是他的道路本身。

六安瓜片的茶味浓而不苦，香而不涩，却是与张立均内心的滋味截然相左。他调暗了茶舍的灯，透过玻璃门的门缝，楼道里的光渗进来斜方形的一块。他就坐在这块光晕的几何体里，手捧着茶杯，贪婪地吸嗅着茶气，就像是在进行着某项物理性的治疗。随后他感到了困顿，在沙发里调整好姿势，闭上眼睛假寐。

一阵杂沓的脚步声将他吵醒，楼道里传来小孩子嬉闹的声音。正在疑惑，有人推开茶舍的门，一颗脑袋和外面的光一起探进来。原来是公司的保安。看到张立均，保安下意识地想要缩回身去，但犹豫了一下，还是局促地走了进来，嗫嚅着说：

"董事长，我不知道是您，看见门是开着的，还以为……"

话说了一半，两个小孩子从保安身后挤了出来。

保安愈发局促，一边伸手将两个小孩向自己身边收拢，一边解释："这是我的两个娃，过节我回不去，娃他妈带着他们来看我。"

保安父子站在门框里，背光一片明亮，就像是突然降临的一个小小的奇迹。张立均蹙起的眉头舒展开，向两个小孩招招手。两个小孩环绕在自己父亲身边，并不回应张立均的招呼。也许在他们的眼里，这个坐在暗处的人更像是一个藏在洞穴里的妖怪吧。

张立均说："来，过来。"

保安迟疑着，牵着两个儿子近前了几步。

张立均摸过自己的手包，从里面掏出两只红包来，塞在两个小孩的怀里。保安感到了意外，一迭声地道着谢，向张立均保证道：

"董事长，您放心，我不会留他们住的，我让他们今天就回去。"

张立均摆摆手说："干吗回去？愿意的话就让他们留在公司陪你过节吧，值班室睡不下，就住在茶舍好了，待会儿我把钥匙给你留下——这里沙发拼一下，倒也能当床睡。只是小孩子爱闹，你让他们小心不要碰翻了这些瓶瓶罐罐。"

保安一下子不知道该怎么回话，只是连声说着不用，张立均摆手示意他可以走了。望着这家人离开的背影，张立均愈发感到了内心的空落。他觉得此刻的自己，并不比一个保安幸福多少——他们向着光明走去，而他，依然还要躲在黑暗里。

　　他走到窗前，隔着落地玻璃看楼下车流如织的街道。车辆在冬天苍茫的黄昏里微光浮动，它们好像变得比平时缓慢了一些，也有些模糊，像是人眯起眼睛时所看到的那样。抬起头，可以看见远处的电视塔——其实塔身是看不见的，它隐没在尘埃与废气中——只有塔尖闪烁着的灯在雾霾中时明时灭。在张立均眼里，这盏灯就像是检测这座城市空气状况的一项指标，当然，大多数时候它就像现在这样若隐若现，糟糕的时候，干脆就会被雾霾彻底吞没。张立均常常会在自己办公室的窗前眺望，这盏灯于是也成了衡量他自己心情的一个指标。他发现，果然是这样的，他的心情竟然和这座城市的空气质量保持着共振，每当电视塔上的灯在视线里变得昏暗，往往正是他心情低落的时刻。

　　这样在窗前站了许久后，张立均用手机发短信给李选：

　　怎样了。

　　短信发出后一直没有回音，正当张立均准备直接打电话过去时，李选的回复来了：

　　是董事长吗？

　　这个回复简直让张立均无从下手，他甚至有些怀疑李选是故意在让他难堪。踟蹰再三，张立均回道：

　　你说呢？

　　不一会儿，手机响了起来。
　　李选在电话里说："女孩真的醒过来了，记忆力好像没有多少损伤，只是语言表达上还有些迟钝，大夫说恢复一段时间应该就没问题了，总之，情况看起来不错。"
　　张立均说："她能想起自己是什么人吗？"

李选说："能，她叫杨丽丽，19岁，不是西安人，家在重庆万州。"

张立均说："好，这一关算是闯过去了，你的运气不错。"

李选苦笑了一下，说："真的没想到，这也能算是我的好运气。"

张立均说："你别不知足，现在人没事，就是你最大的运气了。问她要一下家里人的联系方式，你主动一些，这样有益于后面的交涉。"

李选说："好。"

张立均正想挂断手机，李选又迟疑着说道："刚刚医院让去补交了住院费，押金已经用完了，我这才知道，你压了钱在医院……"

张立均"嗯"了一声。

李选说："这几天我脑子里稀里糊涂的，居然没有想起住院费的事。"

张立均说："这些都是小事情，回头再说吧。"

李选诚恳地说："谢谢你。"

收了电话，张立均在昏暗的光线下开始擦拭自己收集来的那些古董，这算是他少有的几个爱好之一，只有摩挲这些瓶瓶罐罐的时候，他的世界才是自洽的。

八

第二天一早张立均打算去看看自己的母亲。他父亲去世得早，母亲已经是年近八十岁的老人，张立均在南郊丰裕口的山里给母亲买了一栋别墅，隔三岔五，他就会进山去看看母亲。出门后刚坐进车里，李选的电话就打了进来。

李选说："和女孩的家里联系上了，是她哥哥接的电话，他们今天就动身来西安。"

张立均说："知道了。你先别急着表态，看看他们什么态度。"

李选半天不出声。

张立均问："怎么？"

李选说："我有些害怕，电话里她哥哥挺凶的。"

张立均说："你不要慌，家属态度不好，这是意料中的事，先稳住他们，不要和他们发生正面冲突。"

李选说："嗯。不知道女孩名字的时候，我觉得这件事就像假的一样，现在知道了她的名字，这事对我才突然变成真的了……"

张立均不知道该跟她说些什么，他觉得她像是在喃喃自语。可是他理解她，明白有时候，"假"的蒙蔽，反而是能够安慰人的。

"我心里没底，"李选很快回过了神，"我不知道赔他们多少钱才是合适的。"

张立均反问道："你自己觉得赔多少钱合适呢？"

李选深吸一口气，犹犹豫豫地说："目前二十万左右我是拿得出的，你知道，集团刚刚发了奖金，另外，我自己还有些积蓄。"

张立均知道这笔年终奖的数目，那是他格外打了招呼发给李选的。

他说："现在还不是想这个的时候，至于赔多少，首先要看女孩的状况，如果没留下什么后遗症，你就不至于太被动。其次，还要看家属的性格，是不是那种漫天要价不讲理的。"

李选说："我问过医生了，医生说这种开颅手术恐怕是会留些后遗症的。"

张立均问："什么后遗症？"

李选回答："医生说可能会导致癫痫。"

张立均说："那就麻烦一些了。回头我再问问院长，详细咨询一下，医学上的事我们也不懂，先听听医院怎么说——后遗症会是个什么程度，对以后的生活影响有多大。"

李选说："见了家属，我要不要主动提出赔偿呢？"

张立均说："不要，你不要随便露底儿，态度上积极些，但实质性的赔偿打算先不要说出来。"

李选沉默了，张立均正要挂电话，她又开口道：

"董事长……谢谢你。"

听得出，道谢大约是李选目前唯一能做的事了，她自己可能也认识到了，这实际上并没有多大的意义，所以她的语气非常软弱。

张立均说："谢什么呢？我现在进山看看我母亲，下午回来我去医院。"

在城里拥挤的交通中蜗行了一个多小时，张立均的车开上了环城高速。开出十多公里后，远处的山脉已经若隐若现。丰裕口是终南山的余脉，按规定，这一区域本来是禁止大兴土木的，但这个时代，总是有些人能够通过违背规定和禁令来彰显自己的特权。

　　进到山里后，张立均降下了车窗玻璃。尽管寒风刺骨，吹在脸上有种针扎般的刺痛，但他恨不得将整张脸都探出车窗去。这几年西安的污染也很严重，尤其到了冬天，因此，张立均这样的人才不择手段将别墅盖进了山里。

　　山上的积雪尚未消融，太阳却很好，照在积雪上，白花花的一片明亮。专为别墅群修建的山路已经被清扫过了，柏油路面在周边雪景的映衬下黑得令人不可思议。顺着车道开进去，车子尚未停下，张立均就看到了坐在自家别墅院子里的母亲。别墅是欧式的，尖顶，狭长的落地窗；院子里的积雪扫成了堆，母亲坐在一张藤椅里，脚下铺着报纸，报纸上又铺满了花花绿绿的纸片。这一切，像是记忆里一幅年代久远的景致。

　　进到院子里，张立均才看清楚，母亲晾晒着的，其实是一地的粮票。老人年纪大了，三年前开始有些老年痴呆，大多数时候对张立均都爱答不理的，但却非常在乎自己从困难年代积攒下的这些票据。

母亲坐在一堆粮票之中，盖着一条毯子，头垂着打盹。迎出的小保姆想要唤醒老人，被张立均摇手制止了。他示意小保姆进屋搬出一把椅子，轻轻放在母亲身边，自己坐进去，也闭了眼睛，和母亲一同待在冬日的太阳底下。

寒冷的气温在太阳下混合着一丝暖意，透着一股干净劲儿。在这种虚假的温暖中，张立均竟然很快就睡着了。他还做了梦，梦里都是些自己小时候的记忆，纷乱无序，毋宁说只是一股哀伤的情绪。即便只是在梦里，张立均都有些同情自己，他觉得没有谁是真正爱惜他的，没有。

一只乌鸦的鸣叫吵醒了他，悠长的叫声在空中久久不散。睁开眼睛后，张立均首先看到的是母亲贴得很近的脸。老人嘴角挂着一丝涎水，端详着他，渐渐似乎认出了儿子，伸出一只手抚摸他的脸。张立均用手覆盖住母亲的手，紧紧贴在自己脸上，一霎时有股想要落泪的冲动。可是母亲却呆滞起来，木讷地游离了目光，盯着脚下的那堆粮票发起呆来。张立均双手将母亲的手合在掌心，也不言语，静静地陪着老人。

午饭小保姆包了饺子，但是母亲不愿意回屋去吃，她不放心自己晾晒着的粮票。张立均帮着从屋里搬出了桌子，陪母亲坐在院子里用餐。母亲沉默着，开了口也是自说自念，但是当饺子端上桌时，她却将第一枚饺子夹在了张立均的小碟里。张立均鼻子发酸，也夹了枚饺子给母亲。本来他打算吃过饭就下山回城的，但此刻改了主意，决定多在山上陪陪母亲，哪怕她更多的时候看起来并不能认得儿子。

过了午后，冬日的太阳很快就黯淡了，天空变得灰蒙蒙的，四下静得人几乎耳朵发痛。母亲开始收拾自己的粮票。张立均默默地蹲下去帮着母亲收拾，按照不同的面额将那些纸片归拢整齐，用橡皮筋扎住，交给母亲，看着她仔细地放进一个年代久远的铝制饭盒里。母亲将那个饭盒紧紧地抱在怀中，张立均呆呆地看着，觉得自己如今攫取的那些财富，也无外如此，并不比一饭盒废弃了的粮票更有价值。

下午四点多钟他驱车下山。

到医院的时候，恰好李选家的保姆来替换李选，李选站在住院部的楼前给保姆交代一些事项，张立均打了声招呼，自己进病房看看情况。女孩的确苏醒了，依然插满了管子。现在张立均知道了，她叫杨丽丽。杨丽丽剃光了的头上缠着纱布，术后的瘀青尚未消退，整张脸都有些浮肿，但可以看得出，这是一个容貌不错的姑娘。张立均进到病房后，她就不错眼珠地盯着张立均看，这让张立均有些不适，心想莫非被她当成了那个肇事的男人。

张立均站在床边，靠近一些，为的是能让女孩仔细辨认一下。杨丽丽紧紧地盯着他，眼神中逐渐有了肯定的意思，那意思在张立均看来，就两个字——是你。

张立均生硬地说："不是我，你认错了。"

杨丽丽张了张嘴，没有发出什么声音，只是目光中有了倔强，甚至还有一些仇视。张立均也盯着她看，两个人就这样无声地对视着，像是玩儿着一个互相较量的游戏。是张立均首先放弃了这种对峙，他觉得自己这样做实在有些无聊，冲女孩摆了摆手，从病房退了出去。在楼道里，李选家的保姆跟他错身而过。李选等在楼外，张立均过去说，我送你回去。

上车后，李选却说，带我去酒店吧。张立均一怔。李选解释说，家里的热水器坏了，我想去酒店冲冲澡。

　　到了酒店，依然是李选拿着房卡先上楼，张立均去停车。等他进到房间里时，李选已经开始冲澡，卫生间传来哗哗的水声。张立均并没有立即跟进去。很奇怪，今天他毫无欲望。独自坐在沙发里吸了支烟，张立均才缓慢地脱掉衣服。他进了卫生间，从身后环抱住李选，水流打在他身上，让他起了一层细密的鸡皮疙瘩。这是两具无可争辩的中年人的身体，衣服下藏着的秘密暴露无遗，衰老的阴影已经千真万确地爬了上来，它们都以不同的方式亮起了红灯，下垂的乳房，凸起的肚子……——通过镜子的映照，张立均从未像此刻这般清醒。

　　李选一动不动，喷射而下的水从她头顶漫流而过，溅起的水花又流向张立均附在一侧的脖子上。片刻后，她回过身来，用力地搂紧张立均的腰，头深深地贴在他的胸前。这样的举动前所未有，张立均有些猝不及防，但此刻他却并不激动。张立均听任李选紧抱着，心想，这其实也是李选的一声道谢吧，有来有往，她依然秉持着那种交易的原则。李选开始亲吻张立均，湿漉漉的嘴唇贴上去。她从来没有这样主动过。水花四溅，渐渐地，张立均开始回应她的亲吻。但是欲望依旧没有被点燃，他只是心不在焉地吻着。

他们从卫生间出来，双双躺在了床上。李选心有不甘，侧身拥抱着张立均，乳房挤压在他的侧胸上，手掌下意识地抚摸着他的后背。张立均任由她亲吻和抚摸，自己也惊讶自己的冷静。他的心思游移，渐渐将目光落在了电视机旁的一只陶罐上。这是一只马家窑出土的陶罐，品相算不得最好，张立均才将它放在了酒店长住的房间里。此刻，窗外天光的最后一道余晖打在陶罐上，让这件年代久远的器物更加显得朴拙，并让它周围的一切都染上了一种正在被时光湮没的气息。

张立均终于用动作阻止了李选，费了些力气将她抱住，让她不再能够行动。

"就这样躺一会儿吧。"他说。

李选头埋在他怀里幽幽地问："为什么？"

张立均说："你这样让我感到自己是在乘人之危。"

李选抬起头，六神无主地看着他。

张立均在心里定义着李选的动机，认为她此刻的献身，不过是为了另外的某个男人。她在替那个男人顶罪，但又难胜重荷，于是不惜主动地来向他投怀送抱。这样一想，张立均的心里居然一痛，他并不因此迁怒李选，只是为她感到悲哀。此刻，仿佛水落石出，他发现原来自己已经对这个女人有了那种接近于爱意的情绪。

"你用不着这样，我并没为你做什么，"张立均再次望向那只陶罐，如同自言自语，"起码到现在为止，这起车祸还是你自己在扛。"

李选说："不是，没有你，我现在应该是在拘留所里。"

张立均说："这也不是大事，恰好我和交警队有些交情，换了公司的其他人，我也会这么做的。"

李选喃喃地说："你还替我付了医院的押金。"

张立均说："这更是小事了。"

他也不知道自己是处于什么动机，才这么轻描淡写着一切，是他不愿让李选对自己感激涕零吗？似乎也不是。他只是不愿在两个人赤身裸体的时候，将一切进行得宛如一场货真价实的交易。他不想讨价还价，而此刻夸大自己的作用，就有些像是在赤裸裸地抬高交易的价码。

李选的手机响了一声，应该是收到了一条短信。她的手机在包里，包放在窗前的茶几上。此刻，她丝毫没有去翻看手机的愿望。

"钱我缓过劲儿了后就还你。"她说。

这话很让张立均反感，他干脆不作应答。李选沉默着，她可能也意识到了不妥，被动的角色已经让她有点儿不知所云。张立均在床上的拒绝，又令她感到了莫名的屈辱。沉默和室外涌入的黑暗一同覆盖了整个空间。房间里只亮着一盏微弱的地灯。盯着一只几千年前的陶器的张立均，觉得这一刻他们像是并排躺在一座古墓里。

手机铃声突然响起，瞬间打破了令人压抑的沉寂。还是李选的手机在响，叮叮咚咚的简单旋律，像一个孩子在唱着不合时宜的歌。李选并没有要去接听的意思，张立均也默然地聆听着。这阵手机铃声似乎响了有半个世纪那么长，其实它不过只是半分钟左右的动静。张立均觉得自己能够看到铃声在昏暗的空间里四散开来，一个个被切割得非常细碎的音律消失在有形的阴影里。当铃声停止，戛然而至的寂静显得更加令人压抑。

李选在无话找话，她说："你身材保持得真好。"

张立均："我当过兵，那时候专门锻炼过，还有些底子。"

他认为李选这是在言不由衷地恭维他。他了解自己如今的身材，刚刚他才在卫生间的镜子里领略过。

李选说："我还以为你现在也坚持锻炼呢。"

张立均无话。过了一会儿，李选轻声地说：

"明天就是除夕了。"

这句话在张立均听来有些荒唐，仿佛刚刚李选的热情，不过是因为佳节来临而发放的一份福利。

"是的，"他说，"本来我今天已经在纽约了。"

"哦？"李选有些惊讶，对于张立均的家事，她一无所知，半年来，她从未动过探听张立均家庭生活的念头。她问："怎么过节你也不在家吗？还是要和家人一起出国旅游？"

张立均起身披上浴衣，说："我妻子和女儿都在国外。"

李选迟疑着说："原来这样，那你是应该过去。可是，为什么又没去？"

张立均看她一眼，是一个不言而喻的意思。他进到卫生间烧了一壶开水，回来后并没有再上床，而是坐进了沙发里。李选赤裸着，一动不动地蜷缩在床上，像是一个被示众着的标本。

过了一会儿，李选说："董事长，我不知道你为了我竟然放弃了去和家人团聚。"

张立均说："你别多想，我这么做，也并不全是为了你。"

李选抱紧了肩膀，似乎是感到了凉意。

水开了，张立均起身冲了两杯速溶咖啡，端一杯给李选放在床头柜上。李选这才坐起来，将浴衣裹在身上。有一种陌生的情绪在空气中流转。他们都显得略微有些尴尬，两个人之间那种既往的、安之若素了的关系，似乎在这一刻开始破裂和瓦解了。这令他们都有些无所适从，曾经心照不宣的那个交易的原则此刻变得无效，但是他们却还没有达成新的可以践行的路径。李选去端床边的咖啡，抬眼间，目光和张立均相遇，立刻显出了无从掩饰的慌乱。在如此的时刻，两个人甚至已经不堪对视。那种柔软的、需要轻拿轻放的情感，却是他们难以承受的。

李选盯着手中的咖啡，欲言又止。

张立均打破了沉默，问她："女孩的家属什么时候到？"

李选说："可能今天晚上就到了吧，我告诉了他们是哪家医院。"

张立均说："也好，你先避开也好。"

李选一边开始穿衣服，一边说："大过年的，让你也跟着不得安宁，我心里真的很过意不去。"

张立均说："现在说这些没必要。"

李选穿戴整齐，站在张立均面前，神色郑重地说："董事长，我真的很感谢你。"

张立均挥下手说："以后别喊我董事长了。"

李选说："为什么？不喊董事长难道喊你张哥？——微软的人会喊盖茨盖哥吗？"

说完这句话，李选不禁笑起来。张立均也被逗笑了，没想到她现在还有逗乐的兴致。一份私密的亲热劲儿却由此生成，瞬间改变了本来尴尬着的气氛。

李选说："我得回家了，儿子淘得很，他姥爷根本管不住。"

张立均说："要我送你吗？"

李选诧异地说："怎么，你还不走吗？我以为能搭个顺车。"

张立均起来穿衣，说："走，我还是送送你。"

本来他是想今晚不回家了，就留在酒店过夜，反正家里和酒店一样的空寂。

两个人一同离开房间，下到酒店楼下，却发现路面上的车流绵延得一眼望不到头，阻塞着，看了就令人绝望。

李选说："算了，你别送我了，我自己走回去吧，反正也不是很远。"

张立均犹豫了一下，说："我陪你走走吧。"

李选还想说什么，但张立均已经顾自向前走了。李选追出两步，很自然地将张立均的胳膊挽住。张立均心头一颤，居然有些感动。他已经很久没有和哪个女性挽着胳膊走在大街上了，那种普通人寻常的幸福感，离他却如此遥远。

李选一只胳膊挽着他，一只手拢着领口。她穿着一件双排扣的短大衣，款式上领口开得很大，里面本来应该再配上一条围巾——这个缺失让她整个人都显得有些草率，就像随便跑出门买样东西马上就要返回的样子。张立均偶尔侧头看她一眼，每多看一眼，就多出一份同情。他在心里告诉自己，这是一个和自己并肩走着的女人，那么他就不应该让她陷在无助的麻烦里。

天色已经暗下来，街面上华灯闪烁，店铺里的音乐欢天喜地，都是"恭喜恭喜恭喜你"，已经有了节日的气氛。两个人默默地走着，不时有一两声爆竹在他们身边炸响，每每如此，李选都不由得紧张一下，而张立均则会微微夹下她的胳膊，传递出一个安抚的意思。他们走在冬天的夜里，彼此感受着对方给予自己的那份声援。

走了不到一个小时，李选的家到了。

她邀请道："上去坐坐吧，不如就在我家吃饭。"

张立均松开挽着的胳膊，说："不了。"

李选还不甘心，"真的不了吗？我爸见着你会高兴的。"

张立均说："改天吧，改天我来给你爸拜年。"

他们在楼下分手，各自走向不同的方向，但是偶然一个回头，却看到对方都在扭身张望。

走出很远后，张立均用手使劲地搓着自己冻木了的脸，他已经很久没有这样长时间地置身于冬天的街头了，就像他已经很久没有体会过男人与女人之间那种微弱而平凡的暖意。

正在犹豫回家还是去酒店，一辆车子停在了他的身边，随着喇叭声，车窗降了下来。张立均一看，车里原来是位熟人。这人姓莫，是位工商银行的行长。莫行长冲他招着手，敦促他：上车上车。张立均犹豫了一下，还是打开车门钻了进去。

莫行长兴头很高地说："真是巧，我正愁没人呢，老张你一个人在街上溜达什么？"

张立均随口说："刚刚去看了位朋友，路太堵，就没开车。"

莫行长说："正好，三缺一，跟我打两圈牌去。"

张立均正没什么打算，就无可无不可地答应了。交通依然拥堵，车子停的时间比跑的时间长，半个多小时大约才走了不到十公里，在莫行长一路的抱怨下，终于开到了地方。是一家茶楼，上去后，已经有两个人等着了，其中的一位张立均认识，是位陕北的煤老板，姓白，常年待在西安，大家经常会在类似的场合上遇到。另一位大约四十来岁，头发乱糟糟的，有些不修边幅。莫行长介绍说，这位是雷老板，做投资的。对方上来和张立均握手，自我介绍道：雷锋。

　　看来这里是个他们熟悉的场子，包厢里的牌桌已经支好，老板送来四份快餐盒饭，大家简单吃了两口就上了牌桌。张立均的心思并不完全在打牌上，几轮下来，他输了三万多块。这种牌局是不见现金的，大家记着数字，回头从银行转账，或者凑够一个整数，直接给对方一张卡。

　　十点多钟的时候，张立均发给李选一条短信，问李选：在干吗？李选回复得格外快：在哄孩子睡觉，你呢？张立均回复：打牌呢。说来也奇怪，这番短信往复之后，张立均的牌运就为之一转，一下子连赢了好几把。作为一个生意人，张立均还是比较迷信这个的，他觉得这个李选，果然是个能给自己带来好运气的女人。

　　快十二点的时候，张立均说散了吧。可这时他成了赢家，莫行长说不能就这么散了，没有赢家说散伙的规矩。张立均便又陪他们打了两圈，在输赢上大家大致持平后，这才算完。其他三个人都开着车，雷锋自告奋勇地说他送张立均回去。上车后，雷锋却给张立均提议道，骨头都坐硬了，不如我们去泡个澡。张立均答应下来，被雷锋直接拉去了洗浴中心。

俩人泡在洗浴中心的池子里时，雷锋接了一个电话，他一边甩着湿漉漉的手臂，一边按了手机的免提。

对方是个男人，在电话里说："雷锋我回来了。"

雷锋说："曾铖啊，你到底怎么回事，就这几天还不好好在家陪陪父母，又跑了趟海南。"

对方说："我经常这样，临时动了念头，就四处乱跑一下。"

雷锋说："不会是在海南有姑娘等着你吧？"

对方说："没有，我就是想到海边儿透口气，西安的冬天太闷了。"

雷锋说："这不算个理由，你别瞒我，你跟李选之间有什么事儿吧？我看出来了，你俩之间肯定有事儿！"

对方说："明天咱们见一面，还是见面说吧。"

雷锋说："那我跟李选说不说你回来了？"

对方说："都行。"

张立均在一旁完整地听到了这番通话，他用手抹去脸上的水汽，心里不禁感慨这世界实在是太小了。

冲过淋浴之后，两个人并没有急着走，开了间包房进去躺着稍作休息。他们基本上还算是两个陌生人，但这个圈子里的人都是自来熟，因为能够进到圈子里来，已经说明是被鉴定过的。雷锋的性格又很外向，一边喝茶一边和张立均交流起生意经。张立均嘴上虚应着，悄悄转移了话题，当听到雷锋已经拿了美国绿卡后，很自然地将话题引到了雷锋在国内的履历上。雷锋说了自己从小学到大学都是在哪儿读的书，张立均暗自比照着，果然话里的小学和中学都是在李选家的片区里。这样看来，就是八九不离十了。张立均在心里默默记下了这个名字：曾铖。

一杯茶喝完，雷锋来了兴致，提议叫两名小姐来服务，张立均拒绝了，他并没有这方面的嗜好，留下雷锋独自消遣，张立均穿衣离开了洗浴中心。

这里距离张立均的家不算太远，他就没有打车，独自走上深夜的街头。手机在响，是一条短信：睡了吗？他不假思索地回道：还没有，你呢？发送过去后，他才意识到这条短信并不是来自李选的。

这条短信来自张立均的妻子，他居然在回复中问了"你呢？"——而此刻，应当是美国的正午时分，没有人会问对方睡了没有。他的确是疏忽了。但犯下这个错误后，张立均只有一刹那的紧张，旋即却是一阵莫名的兴奋。就让那个女人看出破绽吧！张立均心里想着。尽管这有可能只是出自他的一厢情愿，他也觉得是小小地报复了一下自己的妻子。他们夫妻之间的关系从来没有对等过，她欠他的太多了。心里如是盘算着，张立均踩上了路面的一块冰疙瘩，一个趔趄，差点儿栽了个跟头。急切间，张立均的双臂张开，平衡着自己的身体，那姿态，也像是一只扑棱着翅膀的鸟了。

九

一大早张立均就醒了。起来后他煎了鸡蛋，烤了两片面包，给自己弄了份简单的早餐。独自一人生活，张立均并没有为自己请一个保姆，外面总是有太多的应酬，回到家里，更多的时候，他还是愿意一个人待着。他一直在等李选的消息，十点多钟了，手机却都没有响。他这才想起检查了一下手机，果然是没电了。接上手机电源，张立均发短信给李选：怎样了，家属到了吗？半天没有李选的回音，他把电话打给了那家医院的院长。

在电话里，张立均主要咨询了一下杨丽丽手术后遗症的问题，院长告诉他，根据脑部损伤的程度和部位，后遗症各有不同，最常见的是癫痫，轻的可以没有任何后遗症，重的从不同程度的功能缺失直至瘫痪都是有可能的，伤者这么快就能苏醒过来，说明情况不错，但这种事情谁都不敢打包票，目前也只能报以谨慎的乐观。张立均心里基本有了底，对院长说道，伤者的家属可能这两天就到了，方便的话，请院长跟主治医生打个招呼，尽量将伤者的病情说得乐观一些。院长明白他的意思，说，张总放心，在不违背事实的情况下，我会交代的。又说了几句客套话，张立均挂断了手机。

李选依然没有回复短信，张立均盘算着今天的安排，无论如何，除夕他都是要上山和母亲一起过的，但李选那边没有消息，他又放心不下。最后他决定还是先去一趟医院再说。

车子昨夜留在了酒店的停车场，张立均打车先去了酒店，开上自己的车后，才向医院驶去。可能和日子有关，今天路面上的车流稀疏了不少，大约人们都聚在家里了，出门的不多。

到了医院，远远地，张立均就看到了李选站在医院门口和一个男人在说话，他们说得专注，张立均的车子从他们身边经过，李选都没有发现。但张立均却看到了，和李选说话的那个男人，头发乱蓬蓬的，竟然是自己昨晚才认识的雷锋。在院内停好车，张立均和正走进来的李选撞了个迎面。

张立均不动声色地问李选："你也是才到吗？"

李选说："没有，我早到了，刚刚来了位朋友，我们在门口说了几句话。"

张立均说："也是老同学吧？"

李选一愣，回答说："是。"

张立均问："女孩的家属来了吗？"

李选说："来了，她哥哥，还有嫂子。"

张立均问："怎么样，他们是什么态度？"

李选说："我觉得还好，起码比想象的要好，她哥人还比较老实，话不多，就是脾气大，但她嫂子是个厉害角色，人也很精明的样子，不怎么发脾气，但每句话里都藏着别的意思。"

张立均说："他们跟你提什么要求没？"

李选说："还没有，她嫂子看了我的身份证，非要押下，现在他们最怕我跑了。我跟他们说，要跑我不早就跑了？现在事故已经在交警队备了案的，想跑也跑不掉。"

张立均说："你少跟他们提交警队，别把他们的注意力往那儿引，别忘了，这事儿你是打算私了的。"

说着话，两个人进了住院部的大楼。病房里坐着两个人，一见到张立均出现，脸上的神色就变得颇为不善。那个做嫂子的低声和病床上的杨丽丽耳语着什么，杨丽丽肯定地眨了一下肿着的眼皮，做嫂子的马上起身对张立均说，你来得正好，咱们出去说。李选还有些摸不着头脑，张立均却大致明白了原委，转身和那位嫂子出了病房。

两个人站在楼道里说话。对方一口的四川话，可能是为了达到先声夺人的目的，倒是直言不讳：

"我是丽丽的嫂子，我叫项晓霞。丽丽已经跟我们说了，撞她的人是你。"

张立均不置可否，说："现在追究这个没必要，总之这起事故我们会负责。"

项晓霞说："怎么没必要，如果你当天喝了酒，你这就是酒驾，负的责任就更大了。好在我们丽丽看到了撞她的人是哪一个，根本不是那个女人嘛，你们倒好，找个女人来顶事。"

对方的确很精明，但却还没有彻底搞清楚这起车祸的来龙去脉，张冠李戴，认定了张立均才是事故的真凶，并且就此推断张立均当时是酒驾的状态——否则干吗用李选来顶罪？目前他们并不知道，李选也是被检出酒驾了的。张立均宁可他们这样来推测，否则他们要是动了去交警队问询的心思，只会有更大的麻烦等在后面了。

张立均说："你看，咱们现在能不能先不说这些，主动联系你们，就说明我们有处理问题的诚意。好在你妹妹的手术状况还不错，你们有什么要求，咱们可以慢慢商量。"

项晓霞却很固执，也认定了只有追究出真凶才会令自己的谈判更加有利，她轻蔑地说："你不要以为我们乡下人好骗，说清楚谁撞的人，关系可是大得很。"

张立均暗暗头疼。

"那你说吧，这里面有什么差别？"他问。

项晓霞说："差别当然大了，本来要赔两块的，你们换个女人来顶，就只赔一块了。"

张立均松了口气，对方的着力点依然是在赔偿的金额上，这就好办了。

他说："那好，咱们姑且就按两块钱赔你，你觉得这两块钱怎么个赔法呢？"

项晓霞说："这个现在就不好说了，我知道，你们后面有保险公司，换了个人来顶事，赔偿金就全由保险公司来负担了，你们自己落了个事不关己。"

张立均暗暗苦笑，对方自以为聪明，却不知道这起事故李选压根就没给保险公司报案。李选被查出了酒驾，保险公司是不会理赔的，这一点让交警队对受害者隐瞒下来还有可能，但是要想隐瞒保险公司，交警队绝对不会去承担骗保这样重大的责任。

张立均说："这样好了，保险公司陪你们多少，我们双倍赔好了。"

项晓霞将信将疑地说："这是你说的？"

张立均点头认可，"你们可以先咨询一下，这种事故保险公司是怎么赔付的。"

项晓霞却不接着往下说了，话锋一转："大过年的我们一家子待在医院里，这么晦气，这个你也是要赔偿的。"

张立均说："这个没问题，我们都可以商量。"

他心里生出些懊丧，自己现在居然跟一个农村妇女讨价还价，简直是不可思议。他有些后悔，心想当初怎么没想到派个手下的人来处理这件事情，那样的话，他站在幕后，一切会从容得多。

说话间李选也从病房出来了，她大概听着了一个话尾巴，接口对项晓霞说：

"我跟你老公说好了，你们陪护的一切费用都是我来出，刚刚我才给了你老公两万块钱，这段日子你们先用着。"

张立均听了心里一沉，他没想到李选已经自作主张了，她这么大方，只能激起对方的贪欲。对张立均来说，他可以随便在牌桌上就输个三万五万的，但一涉及交易，就一定要锱铢必较，这是他作为一个商人的本能。

果然，项晓霞并没有因此满意下来，她说："两万块钱能用几天啊，我们两口子换着看护，总不能都睡在病房吧，在附近住店，七七八八下来，这点儿钱也就是个房钱。"

李选说："我都说了，这钱是让你们先用着，不够了

156

我们再商量。”

张立均听不下去了，打断道："大家说定了吗？从现在起就由你们家属来陪护病人了？"

项晓霞说："要不还是你们来陪护？谁愿意在医院里过年！"

张立均说："这样也好，回头算下细账，看看费用怎么个算法，也不能花多少就要多少吧？"

项晓霞说："可不就得花多少要多少吗？"

张立均冷笑说："难不成你们住五星级酒店也得我们结账吧？"

项晓霞说："你也别把我们往歪想，住五星级酒店？你以为我们是来享受的？这种福我们可享不起！"

一来一往，就有些唇枪舌剑的意思了。李选冲着张立均使眼色，张立均心里不快，转身离开。在住院部外面站了一会儿，李选也跟着出来了。

张立均说："你这么做只会让他们更难缠。"

李选说："我也知道，可这事就是个难缠的事啊！现在有他们接手，至少我不用在医院里熬着了。保姆今天就回乡下过年去了，家里的那一摊子还得我来应付呢。"

张立均说："现在你可以走了？"

李选说："是，我也就求个暂时的解脱，起码春节这几天先让我对付过去。"

不知为什么，张立均觉得李选今天一下子变得有主见了许多，他想，这和那个雷锋的出现应该有些关系。这让张立均感到了不快，似乎一件本应由自己垄断的东西却被别人染指了。张立均不再言语，示意李选跟他上了车。

灰色的云块沉甸甸地压在城市的上方，目力所及的一切都被染成了灰色。车子开到路上，张立均突然说道：

"他们把我当肇事者了。"

李选的声音虚弱下去，说："我知道，杨丽丽跟她哥哥说是一个男人撞的她。"

张立均问："那是不是呢？"

李选说："我跟她哥哥说了，她头部受了伤，有幻觉，这些话当不得真的。"

张立均说："你觉得她哥哥会相信你吗？"

李选说："我跟他们说这不重要，所有的责任我都负，撞人的是男是女根本不重要。"

张立均说："你以为他们傻啊？他们现在认定了是个

男人撞的人，认定了这里面有猫腻，你觉得三言两语就能对付过去？你想过没有，这起车祸肯定会被路上的监控拍到，如果他们稍微有点儿常识，非要去交警队调监控看，什么事情能瞒得住呢？"

话说到这里，张立均几乎已经是把事情挑明了。李选这才似乎转过弯来，脸色变得很难看。张立均用眼睛的余光观察到了李选神色的变化，心里是一种复杂的情绪。一方面，他不愿意看到李选为此焦虑；另一方面，他又期望李选因此紧张起来，因为只有那样，她才会对他更加依赖。

张立均说："你最好把这件事情原原本本地告诉我，那样我才好帮你。"

李选嘴唇动了动，还是没有开口。两个人像是陷入了僵局。张立均眼睛余光中的李选也被整个天光笼罩成了一个灰色的轮廓。

把李选送到了楼下，分手的时候，张立均安慰道："先过年吧，你别多想，天塌下来有大个子顶着呢。何况，天也塌不下来。"

李选站在车外，视线本来比张立均高，但看向车里时的目光，真的像是在仰视一个"大个子"。她的神情有些恍惚，点点头，自顾上楼去了。

　　山里又下起了雪。张立均赶在下午三点多钟来到了山上。出城前他去了趟超市，买了许多年货塞进了车子里。到了别墅，小保姆正踩着凳子给门口贴对联，张立均接了手，让小保姆把东西从车上往屋里搬。张立均是家里的独子，成年后，贴对联的事都是他在做。进到屋里，坐在沙发上看电视的母亲劈头对张立均说，老头子你回来啦，儿子啥时候回来呢？张立均摸摸自己的脸，心想自己这么显老了吗，莫非已经长成了父亲的样子？他动了哄母亲开心的念头，说，儿子不是在楼上吗？说着上了楼，脱下外套，转身下来，冲着母亲说，妈，我回来陪你过年了。母亲咧了嘴笑，拍拍沙发，让儿子挨着自己坐。
　　张立均挨着母亲坐下，剥茶几上果盘里的开心果给母亲吃。电视里全是喜气洋洋的过年节目，这让母亲意识到了今天是个什么日子，她问张立均，媳妇和娃呢，咋不一起回来？这个上趟楼张立均是变不出来的，他如实说，她们不是在美国么，回不来。母亲说，回不来？张立均说，回不来，太远了么。母亲说，再远这大过年的也得回来么，家家都团聚，可怜我的娃一个人过年。这个"娃"就是在说张立均了，不经意却触到了张立均的痛处。张立均捧起母亲的手说，也没啥，我有你老人家陪呢。母亲说，不一样的，我陪你爸，你媳妇陪你，这才是个理。张立均不敢再说下去了，怕自己会忍不住说出伤心来，起身去厨房开了瓶红酒，倒了两杯，回来和母亲一起喝。

晚饭小保姆做了一桌菜，张立均给母亲敬酒说，妈，儿子给您拜年了。之前母亲已经喝了些红酒，这会儿有些犯迷糊了，并不举杯，头垂在怀里自说自念。张立均也听不清母亲在絮叨些什么，自顾喝了酒，给小保姆发红包。

这时候电话打进来了，是美国来的长途。张立均看看表，这会儿美国的天应该刚刚亮。女儿在电话里跟张立均拜年。张立均说，你跟奶奶也说几句，转身递手机给母亲，却发现母亲已经打起盹来了。对于女儿，张立均还是非常有感情的，尽管他在心里虚设着一个不堪的可能，但那只是针对着妻子的，在暗自的猜度中，张立均对女儿反而更多出了一份复杂的情感，他认为女儿就像自己一样的无辜。女儿的性格本来就很开朗，受了两年美国的教育，越发显得阳光，在电话里跟张立均开玩笑说，老爸，你不来美国，一个人陪奶奶过节，不觉得寂寞吗？张立均笑着说，当然寂寞。女儿说，寂寞可是会惹祸的哦，老爸你要当心。接着电话那头换了人，妻子说，听到女儿的话了？寂寞会惹祸，你要当心。妻子叫殷琪，张立均心里冷笑着，说，殷琪你在美国不也一样的寂寞，我看到报纸上说，国外专门有人吃华人阔太太的软饭。殷琪大笑起来，说，这倒是真的。张立均无话可说，只有听着。殷琪说，欢迎你来美国查岗，你也要当心啊，小心我突击检查。张立均说，没问题，我经得起查。殷琪说，你倒是敢说，我可不敢，我经不起查的，你要手下留情。

若是正常夫妻，这种玩笑开一开问题不大，可是他们之间有过灰暗的曾经，于是说着说着就有些变了味道。对于妻子，张立均早已不复昔日的畏惧，如今他羽翼丰满，那个位高权重的岳父也已经离世，之所以还能和妻子不离不弃，全是因了婚姻本身的惯性。他们早已成为彼此这一生攸关的宿命，注定这辈子要在一起纠缠的，就像债务的双方，永远有些需要偿还和赔付的，将他们捆绑在一起。

结束了这通别别扭扭的越洋电话，张立均让小保姆扶

162

着母亲回卧室躺下休息，自己继续坐在饭桌前喝酒。不知不觉，他居然又喝下去了大半瓶白酒。酒精开始作祟，他渐渐兴奋起来，有种无处释放的冲动在脑子里奔腾。

张立均拨通了李选的手机，直着舌头叫："李选。"

李选说："你在山里陪母亲吗？"

张立均叫："李选。"

李选说："是我，你喝多了？"

张立均叫："李选。"

李选说："你在哪儿啊，不要紧吧？"

张立均叫："李选。"

然后他就失去了知觉。

醒来后，张立均发现自己躺在沙发上，身上盖了条毯子。小保姆正坐在一边看电视上的春晚，见他醒来，去给他倒了杯茶。张立均看看表，已经快到零点了，外面有了零星的爆竹声。相对于城里，山上的除夕夜安静多了。小保姆对张立均说他睡着的时候有好几个电话打给他。张立均接过手机看，五个未接电话，有四个是李选打来的。十多条短信，都是拜年的，其中也有李选的一条：

你没事吧？担心。

张立均搓搓脸，起来进了卫生间，本来是想洗把脸，但临时起意，干脆脱了衣服冲澡。等他从卫生间出来，屋外响起了喧天的爆竹声，整点了，邻居们在放炮。他披了外套，带着小保姆也出了门。车里有他买的鞭炮，他让小保姆在自家院子里盘好，亲自过去点燃。山里弥漫着大雾，爆竹声似乎被大雾包裹住了，整个天地陷入在一种含糊不清的混沌的声响里。张立均打电话给李选。但是电话那边儿也是爆竹噼里啪啦的声浪，根本没法通话。他刚挂断，又有美国的电话打进来。张立均干脆不说话了，把手机朝向夜空，让此间的动静越洋传到了异国。

回到屋里后，张立均给李选发短信：没事，刚刚睡了会儿。李选回复道：那就好。他继续发短信：不如咱们找地方喝一杯？这会儿我从山上回市里要不了一个小时。李选回道：好，正好我先哄儿子睡觉。

张立均又喝了会儿茶，觉得酒劲儿散得差不多了，这才动身返回市里。路上几乎没什么车，雪也停了，但浓雾笼罩下的世界已是白茫茫的一片。用了不到一个小时，张立均就到了李选家楼下。他并没有急着招呼李选，熄了火，自己坐在车里抽烟。约莫着时间差不多了，张立均发短信给李选：我到了。过了一会儿，张立均看到李选从门洞里出来了，裹着一件羽绒衣，显得有些臃肿。他按了下喇叭，李选循声小跑了过来。

上车后李选问他："你喝了不少酒吧？"

张立均说："没事，其实喝得不算多，喝得也慢，这会儿酒劲儿已经散光了。"

李选说："刚刚我心里还七上八下的，心想你别喝了酒从山上下来也出点儿什么事。"

张立均说："不会，我不是个冒失的人。"

这话反过来听，就是在说李选冒失了。

李选倒也不往心里去，问他："我们去哪儿？"

去哪儿张立均其实也没想好，他说："大过节的，哪儿都关门了吧，咱们去我那儿吧。"

李选说："你家吗？"

张立均说："是。"

李选沉默了一下，却说："不好吧，我们还是在外面找个地方吧。"

张立均知道她忌讳什么，毕竟，他们是这样的一种关系，把她带去家里，她一定是会抵触的。

张立均说："今天特殊，我就是想有个人一起守岁。"这话有些解释的味道。

李选说："我知道。"

然后两个人都沉默了。张立均漫无目的地开着车。街面上没有他想的那么冷清，街道两边许多夜场都开着，霓虹灯流光溢彩，宛如一个梦幻中的世界，将车内他们的脸色映衬得五彩斑斓。张立均有些吃惊地发现，窗外差不多所有的霓虹灯都缺笔少画。以前他没有留意过夜景，想不到这种被制造出的梦幻下面，却是一目了然的残缺，而且它们还残缺得理直气壮，好像汉字在这样的氛围里就是应当这么缺笔少画地闪烁，好像在这样的一个世界里，从书写规范到一切规矩，都应当被重新确立。

李选的手机不断有短信进来，她低着头回复，尽管没有话，张立均也似乎感受到了她情绪的起伏。

在街上转了两圈，张立均挑了一家娱乐城停下，招呼着李选下车。还没进门，里面强劲的音乐声就扑了过来。

张立均有些犹豫，李选却拉了他的胳膊往里去。里面更是震耳欲聋的舞曲，T台上有三个穿着泳装的小姐在跳钢管舞，密集的人群随着音乐在激烈摇摆。他们找了张桌子坐下，放眼望去，周围全是些年轻人，张立均感到自己无法适应这样的气氛，想要走，李选却已经脱了外套，喊来服务生要酒了。一打啤酒摆在了面前，李选让服务生全部打开，拿起一瓶和张立均碰。她喝得很猛，仰着脖子就喝光了一瓶，张立均见状，也只好跟着喝。李选兴奋起来，冲着张立均说了句什么，张立均根本听不清楚，大声问，你说什么？她也喊起来：Happy New Year！这下张立均听清楚了，迎着李选撞来的酒瓶又喝了一大口。

张立均觉得李选的状态来得太快，有些突兀，甚至有些"去他妈的"不管不顾的劲儿，这并不完全是被环境激发起来的，张立均思忖，肯定是和她接到的那些短信有关吧。那么，是谁在短信里触动了她，又是怎么触动了她呢？如是想了想，张立均干脆也是一种"去他妈的"情绪了。他这个年纪，几乎没有经历过这种狂躁的场合，此刻随着心思，不禁也有了纵情宣泄的冲动。T台上的表演越来越香艳，表演者与观众的互动越来越大胆出格，彼此挑逗着，甚至是恶狠狠地较量着。灯影光怪陆离，音乐声和人群的叫喊声此起彼伏，像是不断加码的一场赌博。在这种歇斯底里的气氛中，张立均的亢奋只保持了一会儿。平时他喝过白酒后再喝啤酒，只会越来越清醒，现在就是如此；鼎沸的场面又过度地超过了他的适应力，就像一座山，他努力攀爬，也只能停止在某个限度上。他的灵魂发出了力所不逮的喘息，内心渐趋安静，是一种越来越落寞与沮丧的情绪，似乎耳边的喧哗也如潮水般在退去，世界正变得越来越寂寥。

李选的状态却是越来越激昂，大约喝了有七八瓶啤酒后，她站起来开始随着舞曲摇摆，还拉了张立均起来一起跳。张立均的心情不断地低落下去，到了最后，他对眼前的欢腾简直有些忍无可忍了，自己和李选赤裸着站在淋浴莲蓬头下的那一幕竟浮上心头。张立均认为两个岁数加起来快一百岁的人实在不应该用这样的方式守岁，他一把抓起李选的外套，把她裹上，半拉半拽地出了娱乐城。

夜空闪烁着工业废水那种油脂般的光泽，空气里弥漫着燃放爆竹的硫黄味儿，不时还有焰火腾空绽放，令人宛如置身在一个硝烟尚存的战场上。来到车前，李选却用手抵住车门说，不能开车，董事长你这是酒驾。张立均知道她醉了，也不和她啰唆，搂着她离开了车子。路面的积雪已经结冰，两个人走得跌跌撞撞，李选不时地放声大笑，嘴里吐出大团大团的白气。好不容易拦下了一辆出租车，上车后，李选还在嘟囔：不能酒驾，董事长你不能酒驾。张立均不接她的话，过了一会儿，她突然摇晃着张立均，指着自己的鼻子说，我现在就是一堆废弃的药渣。这句话张立均并不能完全听懂，但也感受到了她那股自弃的情绪。

"我就是一堆废弃的药渣！"李选再一次大声宣布。

出租车把他们拉到了集团楼下。张立均架着李选乘电梯上了楼。开茶舍的玻璃门时，张立均看到他们俩在走廊清冷的灯光下，映照在玻璃上，如同两个灰色的幽灵。刚打开门，值班的保安就闻声跑了过来，手里还拎着根警棍。张立均平时比较注意自己在公司里的形象，这会儿感到了难堪，挥手让保安走人。进到茶舍里，李选就瘫在了沙发上。张立均动手沏茶，给李选的依然是祁红，他的是六安瓜片。李选闭了眼睛，脸上潮红着。张立均扶她起来，帮她脱了羽绒服盖在她身上，这样她或许能舒服些。

他在她对面坐下，默默地啜茶，同时也默默地注视着她熟睡的脸。半晌，李选突然张了眼睛，说一句：使君从南来，五马立踟蹰。

张立均一愣，问："什么？"

李选闭上眼睛又重复了一遍："使君从南来，五马立踟蹰。"

张立均说："什么意思？"

李选的手指凌空胡乱点着："你就是一个使君，你们都是使君！"

张立均觉得她是在说醉话，把茶杯向她面前推了推说："起来喝点儿茶吧。"

李选却很执拗，重新张开眼睛，费劲儿地支起身子问："你说你是不是一个使君？"

张立均问："使君是谁？"

李选说："一个达官贵人，或者花花公子。"

张立均说："那又怎样呢？"

李选说："你这个使君，使君自有妇，你干吗还要招惹我？你说，你还想要什么？你说，我就一直跟着你这么混下去吗？"

张立均说："你喝多了。"

李选说："我没喝多，你说，你跟我说。"

张立均皱起眉来问她："你让我说什么呢？"

李选摆着头，像是要摆脱掉一头的烦恼。"你说你想要什么。"

张立均顿一顿，说："好吧，其实我也不知道自己想要什么。"

李选说："这么说你也是毫无目的的啰？"

张立均认真思考一下，的确，他也不能准确地说出自己想从这个女人身上获取什么，他并没有一个清晰的目的，毋宁说，他只是靠着男人贪婪的本能在行事，他想攫取到这个女人的情感，想要以此报复自己不堪的婚姻，想要获得源源不断的安慰，可这些，都是不能说出口的。

李选说："你不说话，说明我说对了，哈，又是一个毫无目的的。"

她一边说，一边从兜里摸出手机晃动着。

张立均想，可能她在车里收发的那些短信，也是在和一个男人谈论着同样的话题。

电磁炉上的铁壶冒着白色的蒸汽。李选突然问道：

"你爱我吗？"

张立均揉着额头，不知如何应对。那个"爱"字就在嘴边，但他发现，原来将要说出这个字时，自己会多么地犹豫。此刻李选是醉了的状态，张立均觉得自己更是无法去敷衍她，那样做，就像是自己在敷衍自己。

李选自问自答道："不爱，你不爱我。你们都不爱我，你们不关心我的从前，不关心我的未来，你们爱的是你们自己，你们都太老了……"然后她又指了指自己，说："我也老了……"

张立均听出自己已经被李选合并成了"你们"，问："他是谁？那个撞了人的男人吗？"

听到这个问题，李选一下子好像惊醒了，但是，旋即她的眼神里又有了迷惘。

李选喃喃地说："这个还重要吗？"

张立均有心追问下去，但看到她一脸的醉态，又打消了念头。他不屑于在这样的时候去揭开谜底，那样做，在他看来也是乘人之危，就像是在牌桌上坏了规矩，有失公正。他是一个很在意公正的人吗？他知道他不是，否则他何以攫取到今天这样的财富？但是，眼前的这个女人，却能够令他常常有违自己的风格。这很重要——她能令他不同。他觉得这点很重要。

手机响起来，张立均看了一眼，号码显示是美国打来的。他置之不理，索性关了静音，任由手机屏幕闪烁了一阵。

李选又倒了下去，羽绒服掉在了沙发下。

她嘴里嘟哝着："使君，你们都是使君。"

张立均独自喝着茶，一直将茶水喝到了无味。他并不觉得倦怠，其间有一个时刻，横陈着的李选使得他得以端详起眼前的这个女人。他这时才意识到，原来自己从未如此认真地打量过她。此刻，她的脸色绯红，鼻翼微微地翕动着；她的头发染成了栗色，鼻梁很挺，双唇柔润，眼睑上似乎涂着淡褐色，就像是来自命运的一抹阴影；她的眼睛由于闭着而看不到应有的神采，但是眼角已经有了无从掩藏的鱼尾纹……

这番打量令这个女人在他眼中变得生动和陌生起来，又因为这生动和陌生，他的欲望陡然从天而降，万分强烈地汹涌而来。他不禁走过去蹲下，试图伸手去抚摸李选。穿着一件薄毛衫的她，胸部显得格外丰满。但是酣睡中的女人似乎有着第六感，就在他的手即将放在她的胸上时，她却紧紧地缩住了身子，动作之大，意志之坚决，令周围的空气似乎都随之变得紧张了，也缩成了紧绷绷的一团。张立均准确地接收到了那种排斥的情绪。尽管这个空间里只有他们两个人，他还是感到了尴尬，像是被人窥见了自己的难堪。

他重新坐了回去，欲火渐渐平息，心境反倒是越来越澄明。看着醉卧在沙发里的女人，渐渐地，他也好像是视若无睹了。是的，他不关心她的从前，不关心她的未来，没有想让她了解自己的愿望，自己也没有多少想了解她的愿望。

他关了灯，任由思绪在黑暗中飘浮。真的是乏味啊，他在心里呻吟着，觉得这世上的一切，空空如也，原来意思都不大。

张立均把这个领悟看作是自己除夕夜守岁的收获。

十

黎明的时候张立均偎在沙发里迷糊了一小会儿，张开

174

眼睛天色已经放亮。李选依然蜷缩在沙发里酣睡，张立均静静地望着窗外灰白色的晨曦，心中却怀了一份万象更新的愿望。骨子里，他并不算是一个悲观消极的人，他常常会给自己一些这样的心理暗示，沮丧消沉之后，总要借机重整旗鼓，使自己振作起来。现在是大年初一的清晨——这个意识唤起了张立均胸中新的气象。

每年的大年初一，张立均都要去大慈恩寺烧香。他并非虔诚的佛教徒，但商海颠簸，越是顺利，他越是如履薄冰地战兢，进庙烧香，便成了安抚自己心灵的手段之一。

张立均正犹豫着要不要叫醒李选，李选却自己醒来了。她在充满尘埃的晨光中睁眼四顾，费解地看着张立均，就像在确认自己依然还是自己。显然，她一下子记不起发生了什么。

"我们怎么会在这儿？"她问。

张立均说："昨晚你喝多了，我又不想在除夕夜里睡在酒店。"

李选问："为什么？"

张立均说："算是个讲究吧，我尽量不在重要的日子住酒店。"

这的确是他的一个讲究，也没什么道理。

李选坐起来，手捧着头，撩起乱发，尴尬地说："我一定很难看吧，昨晚我发酒疯了？"

张立均说："没有。"

李选问："我说什么了吗？"

张立均说："使君从南来，五马立踟蹰，你说我是使君。"

李选怔了怔，想要说什么，却没有说出口。

张立均说："和我一起去庙里烧香吧。"

李选拒绝道："不了，我现在一定难看死了，蓬头垢面的，菩萨见了都会厌恶，我还是回家吧。"

茶舍里有张立均的洗漱用品，他简单地洗漱了一下，和李选下了楼。

外面的空气依然像是硝烟未散的战场，空空落落的炮仗声像是还有散兵游勇在心有不甘地放着冷枪。车子昨晚停在娱乐城门口了，他们在街头分手，各自打了车去不同的方向。一夜过去，两个人似乎都急于想要摆脱掉些什么。

开上自己的车已经是八点多钟，等到张立均到了南郊的大慈恩寺，早已是人头攒动。来上香的人并不都是信众，其中不乏张立均这样临时抱佛脚的。张立均和大慈恩寺的住持和尚很熟，寺里大殿内的红木案几就是他布施的，上面刻着他们全家的名字。进了寺庙的大门，张立均本想去找位熟悉的师父，但又觉得烧个香都要走关系，实在不符合敬佛的诚意，于是就老实挤在人群里向大殿慢慢挪步。

好不容易凑到了跟前，张立均请了高香，跪在烟雾缭绕的佛像前默默祈祷，祈祷的内容无外乎是请佛祖保佑自己在新的一年里诸事如意、亲人安康。在张立均的意识里，此刻他为之祈福的对象，那个"亲人"，其实包含着自己的妻子。多年来他们夫妻陷在彼此对立的关系中，但即使如此，殷琪也已然是他生命里不可或缺的一个存在，可能张立均自己都在回避这样的本质，但跪在佛前，他却无法违背内心的声音。不错，这样的人生就是他的人生，从心底深处，他已经全然接受，纵然妻子是一个敌人，那也是他命定了的敌人，他的潜意识里早已经和这个女人休戚与共。

烧了香，似乎受到了佛法的加持，张立均的心情踏实了许多。他打算进山再看看母亲，还没有出庙门，手机就响了起来。打电话的是一个女孩，叫黄雅莉。这个女孩几年前研究生毕业被集团招来做了张立均的秘书，人长得很漂亮，重要的是还非常聪明，按部就班，几乎是有计划有步骤地很快和张立均进入了另一层关系。当时张立均的妻女还在国内，殷琪看出了破绽，虽然没有什么具体的把柄，但也闹到公司里去，勒令张立均换了位男秘书。张立均是乐于看到殷琪为这种事恼火的，几年来，他也没少给殷琪这样恼火的机会，但那些女性本质上不过是他们夫妻之间龃龉的炮灰，毋宁说，他是为了报复殷琪才和她们发生着纠葛。这个黄雅莉从董事长秘书的岗位上下来，只在集团待了两个月，就辞职不干了，干脆开了公司，自己做起了工程。张立均和她有了那层关系，经常会把一些项目交给她的公司，两个人有来有往，就保持住了联系。

黄雅莉在电话里先是给张立均拜年，然后问他："董事长在国内还是国外啊？"

张立均说："在西安，刚从庙里烧香出来。"

黄雅莉说："怎么，没去美国陪夫人？"

张立均说："没有，就我一个人过年。"

黄雅莉说："巧了，今年我也没回家，不如咱俩搭伴儿过这个年吧。"

　　张立均正犹豫，她又说道："别害怕，我哪儿敢霸占董事长，就今天一天吧，给个面子，陪陪我？"

　　张立均笑了，说："这是你给我面子。"

　　黄雅莉是武汉人，研究生毕业才来的西安，几年下来，也已经是有房有车，算得上是个成功的女性了。她买的房子就在曲江，那里是西安的高档住宅区，离大慈恩寺很近，张立均踩了一脚油门就到了她家楼下。这里张立均并不陌生，他来过几次。上了楼，黄雅莉已经打开门迎在那儿了，她穿着睡衣，也是刚刚起来不久的样子。

　　黄雅莉的家装修得独具风格，一百五十多平方米的空间几乎没有什么墙，只用了一些摆设很巧妙地做了局部的分割，墙壁用核桃木包裹着，家具都是中式的，还供了佛像，光线幽暗，在张立均看来更像是一个大禅堂。拖鞋黄雅莉已经摆好，张立均换了鞋进到屋里，说，刚烧完香你电话就打进来了，要是我已经在回去的路上，说不定就不过来了。黄雅莉说，我猜到你那会儿就离我这儿不远——每年初一你都要来烧香，这个我知道。张立均说，你怎么知道呢？黄雅莉说，你跟我说过的，忘了？张立均想一想，真不记得什么时候给她说过自己的这个规律。

昨晚一宿没睡好，此刻张立均感到了疲倦，和黄雅莉这样的女孩在一起，他又格外松弛，坐下不多久，他就有了睡意。黄雅莉让他先吃点东西再睡，说着自己进了厨房。说是厨房，其实完全是敞开式的，张立均自己脱了衣服冲澡，淋浴间也是那种透明玻璃的组合房，所以两个人分处在不同功能的区域里，彼此却看得到。张立均隔着充满水汽的玻璃看着在厨房忙活的女孩，心神怡然起来。当他想要刮刮胡子时，果然便看到了搁物架上未拆开包装的一次性剃须刀。这个女孩的家里，就像酒店一样的面面俱到。

的确，只有二十多岁的黄雅莉却有着很多成熟女性所不具备的通达，她对这个世界的规矩烂熟于心，践行起来也毫不拖泥带水；她有自己的目标，付出与得到换算得一清二楚，并且难能可贵的不会令人反感，她把一切都做得大大方方，有一是一有二是二，不乱规矩，也不做非分之想。和黄雅莉在一起，张立均是松弛的。她不能、也不去尝试勾起张立均更多的兴趣，她对自己有着清醒的定位，并且又能把这个位置里的角色扮演到最好，让人觉得是物有所值。

张立均冲完澡，黄雅莉已经给他准备好了睡衣，睡衣是橄榄绿色的，搭在淋浴间玻璃门外的拉手上。张立均不曾怀疑过这套睡衣还会有别的主人，他信任黄雅莉，信任这个女孩身上那种近乎"职业操守"般的品质，她不会混淆生活中不同的对象。两个人坐在餐桌前吃早点，黄雅莉煮了咖啡，张立均在咖啡的香气里感到了那种家庭般的气氛。一瞬间他是有些恍惚的，不知道现在的这个似曾相识的场面，算是自己的几生几世。

简单吃了几口，张立均就上床去睡了。这一觉睡得格外踏实，中午醒来的时候，张立均感觉自己不过是短短闭了会儿眼。香炉里的檀香袅袅地散发着香气，耳畔是若有若无的梵音。在这样的气息与声响中，张立均感到自己正静卧在前生与今世的交汇之处。黄雅莉躺在他的身旁，正拄着头看他，见他醒来，软软地亲吻了一下他的额头。张立均翻身将女孩压在了身下，起伏间，他看到对面博古架上的那尊佛像正在慈悲地凝视着他们。

午饭两个人决定出去吃。张立均知道附近有家专门做素食的餐馆，他说今天初一，在庙里烧了香，就应该吃素。黄雅莉笑着说，你刚刚不是才吃完荤吗？张立均大笑起来，说，哪里，你其实就是道素食。黄雅莉问，哦？那什么样的女人算是荤食呢？张立均接不上话，心里却想到了自己的妻子殷琪。他睡觉的时候殷琪发过几条短信，这时他一一翻看着，却并不想立即回复。

黄雅莉收拾停当后，他们一同下了楼。

街头洋溢着独特的节日性生机，光线明亮，各种声响听起来都较平日短促而清晰。到了那家素食馆，想不到却人满为患，看来初一食素的人还不少。张立均让店家给他们打了包，两个人不再等座，干脆拎着回去吃。黄雅莉的个子很高，人又苗条，她穿着件明黄色的短大衣，更显得高挑出众，相伴着走在路上，让张立均都觉得很给自己提气。

回到家里，两个人一边吃一边闲聊。张立均突然想起点儿什么，问黄雅莉，使君从南来，五马立踟蹰，你听过吗？黄雅莉本科读的是中文，研究生才学的经济，这句诗她当然知道，但此时从张立均嘴里蹦出来，她一下子还真有点儿反应不过来。黄雅莉说，什么？张立均就重复了一遍。黄雅莉说，哦，《陌上桑》里的句子，你怎么想起这个？张立均让她给自己讲解一下，这首诗黄雅莉也背不全了，用手机上网搜出来，逐字逐句地讲给他听。

黄雅莉说："这其实就是个古代的段子，使君勾引良家妇女，结果却碰了一鼻子灰。"

张立均说："你看我像不像这个使君？"

黄雅莉笑着说："怎么会，董事长你可没有这么优柔，你不会在女人面前踟蹰，起码不会在我面前踟蹰，在我看来，你是一个不会为了这种事情柔肠百结的男人。"

张立均说："你是这样看我的？"

黄雅莉说："是啊，但我这是一孔之见，我只能从我的经验出发，至于你在别的女人面前怎么表现，我就不清楚了。不过我觉得吧，踟蹰也是一种古典情调，今天的使君们哪里还用得着这么麻烦，女孩子们个个都争先恐后的，即便你这位使君内心古典，她们也不会给你踟蹰的机会。"

张立均说："照你这么说，踟蹰在今天还成了稀缺品。"

黄雅莉点点头，转念悟到了什么，随即说："怎么了？难道你现在遇到了一个罗敷？"

张立均不能不佩服她的聪明，打着哈哈说："你可不就是一位罗敷吗？"

黄雅莉说："才不是，我有这个自知之明。"

女孩的明智令张立均感慨，他说："好，问你点儿事，你帮我分析一下。"

黄雅莉说："分析不敢说，我也就是你的一个秘书，帮你归归类，整理一下材料，拍板定性的还得是你。"

张立均大致把那起车祸的前后说了一遍，但是隐去了李选的名字，只说是一个朋友。张立均问道：

"你说她为什么要替那个男人顶罪？"

黄雅莉想了一想，说："很简单，第一，她在乎他，第二，她觉得由她来承担，这起事故会更容易解决一些。"

张立均说："为什么？我跟你说了，她也查出了酒驾，她来顶罪，根本改变不了这个事故的性质。"

黄雅莉说："性质当然已经改变了，因为你的介入，起码她现在并没有被关在拘留所里。"

张立均说："你是说她知道我会介入，所以才敢以身试法？"

黄雅莉反问："你说呢？"

张立均说："那她胆子够大的，万一我置身事外呢？"

黄雅莉说："可事实上你的确没有置身事外，这一点，她对你很有把握。"

张立均说："如果换了是你，你对我会有这样的把握吗？"

黄雅莉肯定地点点头，说："我也有。"

张立均有些诧异，问道："你替别的男人顶罪，也有把握我会帮你？"

黄雅莉说："是的。"

张立均问："为什么？按照常理，我应该是会恼火的，怎么反而会帮你呢？"

黄雅莉说："你先想一想，这种事如果发生在我身上，或者说，我和另外的男人有瓜葛，你真的会恼火吗？"

张立均认真想了想，答案当然是否定的，但他没有说出来。

黄雅莉说："我敢保证，你不会因为我有其他的男人而恼火，没准，知道我的身边有其他的男人，反而会更加激发出你男人的气概，你会表现得更大度，更有魄力。"

张立均说："为什么会这样呢？"

黄雅莉说："这就是雄性的逻辑吧，争强斗狠的方式有很多，但在你身上，只会是这样的一种表现，因为你是个十足的强者。"

张立均仔细琢磨着这番话，认为她说得不无道理。

黄雅莉说得开诚布公："当然，这只是基于我这个角色来说的，我知道董事长你不会因为我有了别的男人而恼火，你对我的情感没有那样的强度，但是作为朋友，你一定是会帮我的，所以，我也不会向你隐瞒，我会一五一十地告诉你，然后向你求助。至于你的这位朋友——哦，你的这位罗敷，是怎么想的，我可就拿不准啰。"

说完她俏皮地笑起来。

张立均说："到目前为止，她并没有亲口告诉我肇事的其实是个男人。"

黄雅莉说："你需要她对你坦白出来吗？"

张立均如实说："不知道，我也没细想。"

黄雅莉依然在笑："所以说，你们之间可能更复杂一些，她还想对你隐瞒真相，只说明她的心里有畏惧，她害怕彻底激怒你，反过来讲，她认为你不会通融她的身边有一位男人的存在。而你呢，既想让她对你说出实情，又有些担忧这个实情只能令你们相处的时候变得更尴尬。哦，这可真的是有些复杂了，很踟蹰呢，恭喜你，你们现在品味着踟蹰这样的古典滋味。"

张立均想到了苏建亚，那个他手下分公司的副总，曾经和李选去上海出差，因为自己的轻狂被张立均炒了鱿鱼——这样的经验也会吓住李选吧？这么看来，在张立均的心里，李选与黄雅莉的确是不同的，他不能容忍李选身边跃跃欲试着的男人，而对于黄雅莉，他却没有这样的要求。

张立均说："但是她应该知道，纸里是包不住火的，实际上，我也已经看到了事故的监控录像。"

黄雅莉叹息一声，说："你的这位罗敷现在脑子一定是混乱的，她没有什么章法，只不过是凭着本能在做事。"

张立均说："你觉得她和那个男人之间有瓜葛吗？"

黄雅莉并不回答，反问道："你说呢？"

张立均没有接口，接着问："你觉得我应该不应该把事情挑明？"

黄雅莉说："换了我，反正我是会把事情挑明的，即使伸手接下这个麻烦，也要接得明明白白。问题的关键是，你现在的打算是什么，决定施以援手，还是袖手旁观？"

张立均想了想，说："总之我不会让她太被动。"

黄雅莉说："可是你又心有不甘，是吧？你想没想过，不如让事故真相大白，彻底毁了那个男人——他已经算是肇事逃逸了。"

张立均一惊，老实说，这样的念头的确在他心里出现过。他看着黄雅莉，心想这个女孩原来这么犀利，甚至是有些凶狠。

黄雅莉也察觉到自己表现得过了头，有可能反而招致张立均的恶感，她立即挽回道：

"但我不建议你这么做，这样只会把你的这位罗敷推向别处。"

张立均说："我也不会那么去做，完全没有必要。"

黄雅莉说："其实你心里已经有了定论，这件事你是会帮着摆平的，你现在纠结的只是你的罗敷没有对你从实招来。但我想，她这么做也许反而是在乎你的表现，她怕你真的像那个古代使君一样，被她背后的男人吓跑。"

张立均说："你觉得我会被另一个男人吓跑吗？"

黄雅莉思考了一会儿，说："嗯，你不会，你这个使君够强大，她身后有个男人，只会激起你更大的斗志。这甚至已经无关爱与不爱了——男人是一种很奇怪的物种。"

张立均心里盘算着，起身到阳台上去吸烟。黄雅莉的这番话帮着他理顺了思路，也让他的心思变得强硬了起来，他觉得是有必要和李选摊开来谈了，他完全可以采取一种不由分说的态度，因为他相信自己是强而有力的。正想着，黄雅莉将他放在餐桌上的手机送了过来。

手机在响，接通后，母亲的小保姆带着哭腔说，叔叔你快来，奶奶晕过去了。

十一

张立均赶到山上时母亲已经苏醒过来了。老人有心脏病，以前也经常会胸闷气短，但突然晕倒却是头一次。张立均进屋时老人依旧斜歪在沙发上，脚下撒着一地花花绿绿的粮票。好在平时张立均对小保姆有过交代，她并没有大幅度地翻动老人，否则会凶险得多。救护车比他晚到一步，张立均手忙脚乱地帮着将母亲抬到了车上。

他依然联系了那家自己正在施工的医院。一路上驾车跟在救护车后面，张立均的心里懊悔不已——才烧完香，就和黄雅莉吃起了"荤"，他觉得自己这是冒犯了神灵，才给母亲招致了厄运。

还没完全进入市区，路面就开始拥堵了。救护车鸣着警笛也无济于事，所有的车辆都在争先恐后地抢道，根本无视特殊情况的存在。张立均烦躁不堪，生出一股要横冲直撞的冲动。这一刻，张立均充分认识到了世界的无序和混乱，所有的人都在争，在抢，不择手段，无视规矩——尽管，他也是一个不折不扣的秩序破坏者。

到了医院后，一切安排妥当，医院的院长打电话过来询问情况，张立均表示了谢意，对方说老人应该问题不大，让他别太担心。但是张立均却自责着，心里烦闷，走到住院部的楼外吸烟。旁边有个女人也在吞云吐雾，侧脸认出了张立均，主动和他打起招呼来。张立均一看，原来是杨丽丽的嫂子项晓霞。

项晓霞说："你来啦？我还说呢，怎么把我们往医院一扔你就再不露脸了。"

张立均懒得理她，自顾吸烟，也不接她的话。

项晓霞神神秘秘地说："你们不是夫妻吧？"

张立均一时没听明白，问她："什么？"

项晓霞说："你和那个李选不是两口子吧？"

张立均说："不是。"

项晓霞得意地笑起来："我就说呢，被我猜中了吧！"

张立均不解地问："你猜中什么了？"

项晓霞说："我就知道你们不是夫妻，我一眼就看出来了，怎么样，不想把这事儿闹得太大吧？真要让你们双方家里知道了，可怎么好？"

张立均大致明白了她的意思，嫌恶地说："你真聪明。"

项晓霞说："我也不是恶人，也不想让你们太倒霉，所以咱们还是好说好商量，你们的秘密跟我没关系，只要你们做事有良心，别亏了我们就好。"

张立均有些冒火，冷声说："我们没什么秘密，倒是你觉得怎样做才算我们没亏了你？"

项晓霞说："我朋友家也有人出了车祸，比丽丽受的伤还轻一些，结果肇事司机赔了二十多万，当然，这钱最后是保险公司付的，你们的情况不同，你说了的，你会翻倍赔的，这话你不会不认账吧？"

看来这就是对方的底牌了，张立均在心里暗暗算了下账，觉得并没有超出自己的预计太多。但他此时一点儿也没有心情跟这个女人辩扯，模棱两可地哼了一声，转身进去看母亲了。项晓霞跟在她身后，见他上了楼，并没有往杨丽丽的病房去，不由愣在了楼道里。

母亲第二天一早醒来就要她的粮票，张立均只好驱车进山去拿。到了别墅，张立均蹲着捡拾散落一地的粮票，站起来时突然天旋地转的一阵眩晕，扶着沙发靠背站好，半天他才缓过点劲儿来。这个年纪的他已经开始年年定期做体检了，也查出了一些毛病，但像今天这样的状况，却是头一次遇到。这个身体上的不适，几乎毫无余地就转化成了精神上的挫折感。张立均的心境由此低落极了。他没敢立刻上路，抱着头坐进沙发里，耳朵里都能听到自己血液流动的声音。

回城的路上李选打电话过来问，你母亲住院了？张立均说，你怎么知道？李选说，我在医院，杨丽丽的嫂子告诉我的，怎么样了，我过去看看老人吧。张立均说，没什么危险了，我进了趟山，现在还在路上。

到了医院，李选已经在病房里了，坐在老人的病床前，捧着老人的手正在说话。母亲糊涂着，把李选当成了殷琪，冲着张立均说，你媳妇回来了。张立均想要给母亲解释，但被李选的目光阻止住，于是只能将错就错，顺着母亲说，是啊，她回来看你了。母亲说，丫头呢？丫头是指张立均的女儿，张立均应付着说，丫头还要读书，没回来。正说着，他一抬头，却看到黄雅莉捧着一束花出现在病房的门口。黄雅莉笑嘻嘻地来到病床边，开口就说，奶奶，你好点了没？母亲向张立均嗔怪道，你还哄我，这不就是丫头吗？张立均有口难辩，只好由着老人去误解。这时一群医生进来查房，让家属暂时都出去。

站在走廊里，张立均给两个女人互相介绍。黄雅莉很大方，伸手给李选，说了声"姐姐好"，李选握了女孩的手，说，别叫姐姐了，我可比你老多了，你刚刚才被老人当成我女儿呢。黄雅莉说，这可当不了真，老人家糊涂着呢，我哪儿会有这么年轻的妈啊。她很识趣，说着就跟张立均告别：老人没事就好，不打扰你们了董事长，我还有事，先走了。说罢她还向张立均挤了挤眼睛。看着女孩离开的背影，李选对张立均说，这是个厉害姑娘。张立均说，出去透口气吧。

站在住院部楼外，李选对张立均说："杨丽丽的嫂子开出条件了，他们要四十万。"

张立均说："你怎么打算？"

李选说："如果就可以这样私了掉，我打算给他们。"

张立均说："你不要答应得这么快，你太利索，他们反而会得寸进尺的。"

李选说："我知道，这也就是跟你说，对他们，我还没透底儿。"

张立均想一想，交代道："必要的时候，你可以吓他们一下。"

　　李选不解地问："怎么吓？"

　　张立均说："这个杨丽丽显然是做偏行的，你就说警察正调查着呢，让他们少惹事。"

　　李选恍然道："这个我真没想到。"

　　张立均说："我也不是让你去威胁人家，只是他们如果要去和交警队接触，会生出许多麻烦来，我会跟交警队打招呼，但是他们不去闹事，这样才最好。"

　　李选说："但愿他们别再节外生枝，早一点把这件事了断了。"

　　张立均觉得她应该还有些什么话要说，但是她却告辞道："我先回去了，儿子在家闹人得很。"

　　目送着李选离开，张立均暗想，她并没有开口说钱的事——那四十万她怎么拿得出来呢？正在想，手机里进来了一条短信，他打开一看，却是一条彩信。

　　照片上张立均和黄雅莉并肩走着，看起来也并不显得格外亲密，但黄雅莉的手中拎着两只塑料袋，里面满满地装着几只饭盒，这就让走在一起的两个人有了那种居家过日子的感觉。在张立均看来，镜头中的两个人显得那般游离于现实之外，身体周围好像飘忽着一种与现实风景格格不入的异质空气，他们就像是被合成进去的一样。用了些时间，张立均才将这一幕作为现实接受下来，他正在诧异，殷琪的下一条短信也进来了：

　　　　对不起，我可没去查你的岗，你们在曲江恰好
　被我的一个朋友看到了。

　　张立均感到自己的呼吸有些急促。他木然地重新走回住院部的大楼，一进去，氨水和医用酒精的气味就兜头而来。他的嗅觉似乎陡然灵敏了十倍，于是，这种医院里独特的气味也比平时显得更加呛人，好像具备了致幻剂一般的作用，让他一瞬间居然有些莫可名状的醉意。

十二

　　过了几天，张立均正用轮椅推着母亲在医院的走廊里散心，看到李选拐过楼梯出现在了面前。

196

李选走过来先问了老人的状况，张立均说，还算稳定，大夫说再住两天就可以出院了。李选点点头，轻声说，我刚刚把钱给他们了。张立均一怔，杨丽丽恢复得不错，这个他是知道的，这几天没事的时候他去看过，杨丽丽已经开始做高压氧舱的辅助治疗，大夫说，一般到了这个阶段，距离康复就不太远了。但是他没有想到，李选会这么快就搞定了一切。正想着，张立均不经意看到了母亲脸上的微笑。老人沉静地盯着前方，张立均顺着她的目光看出去，并没发现有什么值得让人发笑的情况——前方不过是走廊的尽头，一面窗户下的暖气片上搭着几块脏兮兮的毛巾，可能是清洁工的抹布吧。但母亲却出神地笑着，像是勘破了某个秘密，也像是刚为一个困扰了自己多年的难题找到了答案。

这会儿已经是中午了，张立均喊来小保姆把母亲推回病房，向李选提议道，一起吃饭吧，边吃边说。

医院门口有家湘菜馆，两个人进去找了临窗的桌子坐下。

张立均点了菜。李选垂着头，她的神情看起来有些低沉，并没有刚刚了结了一件大事后那种轻松的样子。张立均打量着她。脱去大衣的李选穿了件米色的开襟毛衣，里面是一件男士的条纹衬衫，除了胸部格外丰满以外，这让她显得中性而干练。

张立均敲敲桌子，唤起李选的注意："说说吧，怎么回事？"

李选抬头向他要了支烟，夹在指间却没有点燃。

"我刚刚把钱给他们了，去银行转的款，他们和我一起去的。"她说。

张立均觉得她的神情有些木然，问她："给了多少？"

李选说："四十万。"

说完她才恍然大悟般的拿过张立均放在桌面上的打火机将烟点燃。

张立均有些胸闷，但一时又分不清是为了什么。他只是觉得有股强烈的不满在自己胸中蓄积，吸入的空气似乎都有了粗糙的颗粒。缓缓地深呼吸了几下后，张立均说：

"你就这么把钱给他们了？"

李选说："他们签了协议，保证不再追究其他的责任。"

说着她从自己的包里翻出两页纸来，递向张立均。

张立均没有伸手去接，他追问的并不是这个。李选把一切处理得这么有条不紊，在他看来，显然身后是有人在替她筹划。这是张立均无法容忍的，就好像是被人侵占了专属于他的东西。

"你哪儿来的钱？"张立均沉声问。

李选眼睛看向窗外，像是自言自语道："跟一个老同学借的。"

张立均想起了前些日子自己在医院门口看到的那一幕，问："是雷锋吗？"

李选用一种遥望远方的目光看着近在咫尺的张立均，嘴唇微张，似乎一时忘记了他们眼下正在进行着的话题。过了一阵，她不安地说：

"怎么，雷锋你也认识？"

张立均不假思索地说："我不但认识雷锋，还知道有个曾铖。"

李选垂下头失神地望着自己放在桌面上的两只手，像是在一个打开的抽屉里小心翼翼地挑选着字眼。

"你还知道些什么？……"她艰涩地说，"难道，你是在暗中调查我？"

张立均的无名火大起来。"我为什么要暗中调查你？"

李选嘴唇颤抖着，反问他："我怎么知道？"

张立均并不想解释，他开始意识到了自己恼怒的原因。他没有想到，李选居然可以不依靠他就筹齐了那四十万块钱，而潜意识里，这笔钱，他认为无论如何李选都是应该来向他张口的。他认为这件事无论如何都绕不开他，最终的解决都要仰仗他的援助。但是，现在他却成了一个局外人。这真的令他失望极了，感觉自己像是被人偷袭了一般，也好像是遭到了遗弃。这些日子他为这件事百般的踟蹰，原来都是杞人忧天——李选并不需要他。

张立均面无表情地看着李选。"就算是我暗中调查了，那又怎样？"

他的声音冷硬，是那种仿佛可以放在手上掂量温度与体积的冷硬。这一刻的张立均，完全回到了一个冷酷商人的角色里，他像是坐在了谈判桌前一样。

李选的脸色煞白，她问："谁给你的权力？你凭什么监视我？"

"监视？你觉得我在监视你吗？你觉得自己真的这么重要？"张立均不禁笑起来，向她指出，"监视你的是街上的探头，事故现场的录像当天夜里我已经看过了。"

李选显得很茫然，似乎有什么确凿的理由原本已经到了嘴边，但转瞬之间却了无踪迹，她只能因此变得无所适从。

她在烟缸里摁灭了烟蒂："不错，我没那么重要，可你也不能这样羞辱我。"

她把"羞辱"这个词说得轻之又轻，仿佛说重了，更是对于自己的一种惊吓。她的声音之小，让张立均必须全神贯注才能听清，这给张立均造成了一种紧张感。

"你觉得是我在羞辱你吗？一切都被录下了，你还扯什么谎，是你自己在羞辱自己。"张立均针锋相对地说。

这时一只巨大的飞蛾不知从哪儿跌落在了餐桌上，不停地扑扇着翅膀，鳞粉掉了一桌。两个人都不约而同地默默看着这只蛾子的挣扎，仿佛都借机暂时摆脱了眼下令自己不安的现场。渐渐地，李选似乎平静了下来，她一动不动地坐着。张立均在这静止的一刻，能够分明地感到眼前的这个女人正在分裂成两个人，一个在拼命地向他靠近，一个则努力地离他远去。

半晌，李选才缓缓地说道："没错，撞人的不是我。这四十万块钱是曾铖让雷锋交给我的。你还想知道些什么？"

张立均也努力平复着自己的心情，他问："他爱你吗？"

李选说："谁？"

张立均说："曾铖，那个撞了人的画家。"

李选的眼泪涌上了眼眶。她说："不知道，我不知道。"

张立均说："你爱他吗？"

李选抿一下嘴唇，用一副大方的口气说道："我以为我爱上他了，其实现在想一想，也不是，我只是厌倦我自己现在的生活。"

她的神情显示出她其实是耻于这么表达的，这么说会让她显得是在虚饰和狡辩，所以她才要竭力用大方的语气证明出自己的诚实。

那只蛾子飞离了餐桌，开始盲目地四处碰壁。张立均的目光追随着飞蛾，喉头翻动，喃喃问道：

"你爱我吗？"

他发出的声音陌生得令自己都吃惊，就像录音后播放出的声音听起来总不像是自己发出的那样。这个声音还和窗外恰好响起的一阵救护车的警报声重叠在了一起。

李选说："什么？"

其实她听清楚了这个问题，只是下意识地怀疑自己的耳朵。

张立均又沉声重复了一遍。

李选的头扭向一边，她说："不。"

"那么，"张立均心闭上眼睛问，"你觉得我爱你吗？"

李选缓慢地回过头，直视着他，轻声说："不。"

张立均哑口无言。他好像感到了困惑，觉得荒谬极了。他怎么会显得如此地气急败坏？他又怎么会显得如此地难以自持？他内心那种对自己一贯笃定的把握开始动摇。眼前的一切都在背离他的意志。

李选站了起来，拿起自己搭在椅背上的大衣，她似乎是迟疑了一下，看起来，她想说出些什么，但又并不具备把一切准确诉诸语言的能力。她似乎还在等待一个小小的奇迹，希望出现偶然的契机使得事情发生逆转。但是没有，没有奇迹，就像服务员正端上来的菜一样，堆满了辣椒，丝毫没有超出人对"湘菜"的预计。于是她只有转身离开了餐馆。她的步子有些不稳，张立均看着她的背影，突然想到了那个男人鸟一般的步态——以一种展翅欲飞的姿势表现着自己那种永远无从实现的冲动。而这一切，这令人不免要心生恻隐的一切，在张立均的心里仿佛又是似曾相识的情景，他只是不知道，这又算是自己的几生几世。

李选落下了她的围巾。此刻，这条围巾搭在主人已经离座了的椅背上，仿佛一个与张立均对峙着的荒芜的梦境。张立均不记得李选是戴着围巾来的，这更加令他感到荒诞。他木然地呆坐着，渐渐地眼睛看向窗外，倏忽不安起来，觉得此刻也有某个藏在暗处的探头在记录着他的一切。他有一种莫名的暴露之感，像是被曝光了身体的某个缺陷。他觉得自己在身高上矮了一截，起码已经不再是一个一米八的高个——有什么东西在他的体内将他磨损了。

他下意识地抬头望了望，过了一会儿才意识到自己是在寻找电视塔上那盏能衡量人心境的灯。但是此处是看不到那盏灯的，南辕北辙，不在合适的地理位置上，即便此时的空气看起来还不错，有种冬日里难得的明亮。找不到一个参照物，他一下子好像也无从对自己的心情做出确认了——它应该是激动的还是平静的呢？犹豫不定中，他却突然意识到了这家饭馆的肮脏，污迹斑斑的桌布，布满茶渍的水杯，他不记得自己已经多久没有在这样的小饭馆里吃过饭了。没什么道理可讲，但这个意识却来得相当猛烈，就像是遭到了突然袭击，一瞬间令他发生了剧烈的耳鸣。

　　铃声在响，原来李选的手机也落在了餐桌上。张立均迟疑了一下，伸手拿起手机翻看。手机显示这条短信的发信人是"曾铖"，内容很长，张立均判断这是一首诗：

　　　　亲爱的，把我的心也拿去洗一洗

　　　　它悬空太久，孤单，痛

　　　　积满水火未济的灰烬

　　　　你务必把它洗净

　　　　亲爱的，洗净后请把我的心

　　　　放在你的心上晾晒

　　　　晾晒时间不能少于后半生

　　　　也就是从晾晒之日至心跳静止

　　　　亲爱的，当你把我的心拿走

就像拿走一件自己的衣服

从心跳的加速中我听到了渴望

那种由圆到缺的声律启蒙

亲爱的，把心放在水火之中再从心启动

万物天生一颗爱美之心

我爱你是因为你符合我的审美

你爱我是因为命运的安排

　　冬日正午的太阳此刻明亮极了，却没有一点热量，路上的行人匆匆走过，首尾相连的车阵像一条缓慢流淌着的河流。世界被水洗过一样，宛如一个匪夷所思的岑寂的白夜。

　　张立均并不是一个对文学有感的人，但此刻的这首诗，这首与爱情有关的诗，却让他的心猛烈地收紧。在持续不断的耳鸣和如同灌了铅似的疲惫感中，张立均捂住脸，双肩抑制不住地战栗起来。他想，他也应该去住院了。

下

部

十三

　　这首诗在曾铖的手机里存了半年多的时间。半年前，曾铖的前妻在一个夜里将这首诗发给了他。当时曾铖在北京，刚刚办完一个画展，正和一帮画画的朋友觥筹交错。就像曾铖对李选所说的那样，整体上，他认为这首诗是比较庸俗的，但其中有个句子却动人心扉——万物天生一颗爱美之心。

　　第一次将这首诗转发给李选，曾铖是醉酒的状态。当这个午后，再一次将这首诗转发给李选时，他依然还是醉着的。

　　车祸发生后，曾铖第二天就飞往了海口。他的前妻戴瑶眼下带着儿子定居在那里。多年来，曾铖已经养成了这样的习惯——每当他的人生遭遇坎坷，他便会身不由己地奔赴至自己前妻的身边。戴瑶是曾铖的大学同学，毕业后两人又一同分到了成都的高校，离婚后，戴瑶去了海南，经营起一家制作工艺玻璃的企业。

　　曾铖在海口待了几天，整日心神不宁。他并不担忧这起车祸最终会在法律的层面上殃及他。对于李选，他有种无法说明的信任，尽管他们相隔了将近三十年的时光。令曾铖难以释然的是，他实在无法接受自己被置身在了一个肇事逃逸者的角色里。这太令人愧怍。要命的还在于，曾铖始终也难以厘清这一切究竟是怎样发生的，一场原本是他所熟稔的风花雪月的事，结果怎么就衍变成了这样的一个局面？他并不甘心，认为自己糊里糊涂被命运推到了猥琐的境地，而这，足以摧毁他所有的虚荣心。

　　曾铖把事情的前因后果说给了戴瑶。那时，他们对坐在戴瑶家的露天阳台上，远处的椰林在微风中摇曳，景致与北方的冬天迥异其趣。海南的天气总是会给曾铖带来他所需要的梦幻感，使他能够将自己安顿在一份远离了现实的感觉中。每次来海口，曾铖都是住在前妻家里的，这样更方便他和儿子亲近。对此，戴瑶也表示欢迎。离婚之后，他们还保持着外人难以理解的一份亲密。

　　听罢曾铖的一席话，戴瑶第一个问题就是："那么，曾铖你真的爱上了这个李选吗？"

曾铖沉思了片刻。这个问题也是那些天萦绕在他脑子里的问题。

"我以为自己爱上她了。"停顿了一下，曾铖继续说，"但是现在想，这一切又变得很可疑。如果说我在某一刻真的感受到了一种爱的滋味，那就是车祸发生后，她在街头吻我的那一刻。"

他闭起眼睛，再一次回味那个无以复加的吻。

戴瑶说："之前呢？之前你对她毫无爱意吗？那为什么还要去招惹她？"

"不知道，我也不知道，"曾铖搓着手，有些局促，"我想，也并不是毫无爱意的。我们多年未见，她的出现，在我而言，带着一份岁月的重量，也许，我是对过往的岁月怀有一份情感……"

戴瑶叹了口气，她认为自己太熟悉眼前的这个男人。

她说："这太牵强，你知道的，不是这样。"

曾铖沉默了一下，承认道："好吧，这不是全部的原因。李选依然漂亮，我为此也有些动心。"

这么说的时候，他同时已经在心里质疑——李选真的漂亮到某种令他不能不动心的程度了吗？好像也不尽然。但他却只能被迫给自己加上一项罪名。登徒子，或者一个轻浮的使君，还有什么好说的呢？对此，他真的早已无力为之申辩。

果然，戴瑶说道："曾铖你明白吗，这个世上漂亮的女人很多，但你不能为所有漂亮的女人心动。"

戴瑶的这句话还未出口，曾铖的心里就已经猜了个八九不离十。她是在谆谆教导。这也是他们之间的关系在离婚后一直能够维系至今的原因。她像个教师，而曾铖，像一个时常犯错的学生。这两种身份，又是他们各自都乐于扮演的。

曾铖的表情像一只剥了皮的水果那么坦诚，他只有顺着这种既定的逻辑说下去。

"为什么不能呢？你也知道，万物天生一颗爱美之心。"他说。

戴瑶笑起来，说："我就知道，你会抓住这一句的。我把那首诗发给你，是想让你学会洗净自己，同时也祝福你真的能够遇到这么一个伴侣。"

没有意外，他们之间的对话，就是这样再次走上了歧途。对此，曾铖毫无怨言，毋宁说，他还颇为享受这样的扭曲。离婚后，他一次次在挫败中奔赴海口，寻求的并非是前妻的理解，对此他早已不抱期望，他从戴瑶这里获取的，只是一种犹如母亲一般的关怀，甚至可以这么说——在戴瑶这里，他可以像一个儿子般的撒娇。而戴瑶，也是乐于扮演这个角色的，他们做不了夫妻，却另辟蹊径，找到了另外的相处之道。

"我觉得我很难遇到这样一个伴侣了。"曾铖喃喃地说。

戴瑶说："这个李选不是吗？"

曾铖说："不是。那天夜里，她的眼神告诉了我，我的存在对她成了一个天大的妨碍，我看出来了，她的身后一定还有另外的男人存在。和我周旋，对她而言，可能也是一个无法兑现到现实里的梦。她有她的世界，我的出现，不过是助长她任性地做了回梦。"

戴瑶说："这是她，你呢？如果有了爱，你完全可以去争取。"

曾铖摇头说："没有可能了，她用她的果决将我变成了一个肇事逃逸的混蛋，就此，我便失去了和她相爱的可能。况且，我想我也和她差不多，我们不过是同心协力去遐想了一下幻觉式的爱情。"

"同心协力？"戴瑶玩味着这个词。

"说是同舟共济也可以，"曾铖挠挠鬓角，"我们都是生活的落水者，遇到了，就彼此释放出一些求生的憧憬吧。"

"落水者？"戴瑶问道，"那我呢？我是站在岸上的吗？"

曾铖说："不是，你也在水里。"

戴瑶不作声。

曾铖说："我和李选邂逅，就像是两条鱼迫不及待地需要相濡以沫一下，最终难免还是要相忘于江湖吧。只是这结果来得太快了一点，而且在方式上也这么让人难以接受。"

戴瑶说："看出来了，你并不甘心。这无关爱与不爱，只不过是你的自尊心在作祟。"

曾铖说："没错，我完全有能力也有勇气去承担那起车祸的责任，我之所以离开，不过是配合了她的意愿。"

戴瑶问道："你就这么肯定自己领会了她的意愿？"

曾铖说："你没有看到她当时的眼神。还有那个吻，她几乎是用尽了全部的力气在驱赶我。我并不知道她的现实世界是怎样的，但我能够感受到，她根本无力去打破她的那个世界。"

戴瑶把玩着一只玻璃天鹅，这是她新近烧制出的工艺品。

"你想过没有，也许是你并没有给她增添足够的力量。曾铖，你真的是悬空着的，你不能要求一个女人为了一个悬空着的对象，便去粉碎自己固有的世界，哪怕，她的那个世界并不完美。"

曾铖说："我知道，这也是你对我的感受。"

戴瑶笑起来，说："不提我，我对你的感受恐怕还要更深刻一些。毕竟，我们曾经做过夫妻的。"

曾铖苦恼地说："我也并不想如此，但我的确无法让自己落地扎根。"

戴瑶将那只玻璃天鹅举起，对着太阳看它翅膀折射出的光晕。"形容一下，"她将天鹅举向曾铖，"这种光芒怎么形容才好？"

曾铖看了一会儿，神不守舍地说道："潋滟。"

"潋滟。"戴瑶重复了一句，满意地说道，"真不错，你总是能令人感到意外。你的确有着形容一切的天赋。可能这种天赋也要求你必须悬空着吧，落地扎根了，你就难以纵览这个红尘了。"

曾铖说："你别开玩笑，我现在很严肃。我只是难以忍受生活的平庸。"

戴瑶正色说："好吧，那么说说你现在的打算。"

曾铖说："具体怎么做，我也毫无想法，我只是不愿意真的成为一个肇事逃逸者。"

戴瑶说："事实上，你已经是这样的角色了。恐怕还不只是这起车祸，你在情感上，也是个肇事逃逸者。"

曾铖摊开手问："怎么办？"

戴瑶说："回去，起码在经济上先承担起责任来。"

曾铖吁了口气。只在经济上承担起责任，这应该是他目前唯一能够付诸行动的事。

过了片刻，他突然轻声说：

"戴瑶，我想吻你。"

戴瑶怔了怔，旋即莞尔一笑，俯过身来。

曾铖在年前回到了西安。飞机落地后他就给李选发了条短信，问李选事情处理得怎样了。李选迟迟没有回复，这让曾铖的心不禁悬了起来。他并不缺乏必要的法律常识，躲在海口的几天，他还专门咨询过做律师的朋友，他知道，如果严格依法办事，李选眼下的确有着需要承担法律责任的风险存在。他甚至开始担忧李选的处境——莫非，李选现在已经被关押起来了？曾铖在不安之中拨通了李选的手机。铃音一声一声地响着，直到响起"对不起，您所拨叫的号码暂时无人接听"。曾铖只有在心里这样安慰自己：手机还通着，这说明李选目前还是自由的吧？而无人接听，也不过是"暂时"的吧？

　　约莫过了两个小时，曾铖已经回到了父母家，李选的短信回过来了：

女孩已经苏醒了，看来一切还不是那么糟糕。

　　曾铖迫不及待地想要拨通李选的手机，但旋即又被另一股莫名的情绪阻止住了。他无端地认为，也许此刻的李选，依然"暂时"无法接听他的电话。他能够感觉到李选背后有张密密匝匝的网，而这张网，他没有兴趣，更缺乏毅力去探究。那是一张将近四十岁的女人用自己的遭际与命运编制出的网，它千头万绪，密不透风，有着自己充分的逻辑和宿命一般的经纬。曾铖问过自己的内心，他爱李选吗？而如今的答案则是：不。因为他实在无力去爱一个被岁月巨细靡遗地兜头蒙在网罗里的女人——太复杂了，和这样的一个女人去相爱，一切都太复杂了。

当天夜里，曾铖拨通了雷锋的手机。他自己都没有意识到，自己这么做，不过是想迂回地告诉李选他回来了。那起车祸让所有的事情都发生了变化，他和李选之间，似乎又重新回到了一种陌生并且疏远的状态里。也许，这才应当是他们之间关系的本质，他们只是，也只应当是，两个分离了将近三十年之久的小学同学。

随后，曾铖又拨通了李兰的手机。他开口对这位也是分离了将近三十年的小学同学说道：

"李兰，我想你。"

他们约在南门里德福巷的酒吧一条街见面。见面时已经差不多是夜里两点了。李兰先到的，等在一家不大的酒吧里。她选了二楼临窗的座位，曾铖上楼来，在昏暗的光影里左顾右盼，却看不到她。其实她就坐在他的眼皮下，而他却在东张西望。他看到墙角的阴影里有一个站着的女人不断地扭动着腰肢，既像是在活动着筋骨，又像是在慢吞吞地跳着舞。李兰并没有叫他，默默地看着他张望，直到他的目光终于落在她身上时，才冲着他报以了一个苦笑。

曾铖在她对面坐下，问道："你怎么不叫我？"

李兰说："你的眼里没有我，叫了又如何呢？"

曾铖不知怎么回答才好。

好在李兰又笑着说："别嫌我身上味儿大啊，你电话打来时，我正在炸丸子，也顾不上换衣服了。"

曾铖作势嗅了嗅鼻子，说："没味儿啊。"

李兰笑了，说："你烟抽太凶，嗅觉早麻木了。"

又说："倒是你身上总有股味儿。"

曾铖问："烟味儿吧？"

李兰说："不是，我也说不好。"

曾铖想起出事的那天夜里，在车上李选也说过同样的话题。当时他回答说自己身上的味道可能是来自画画时的松节油味儿。但是，此刻他突然恍悟，也许自己这一身挥之不去的气味——就是孤独的味道。

李兰接着问他："怎么样，这些天在西安都忙什么了？"

看来李兰并不知道他跑了趟海南。曾铖也不打算把事情说给李兰，他之所以愿意在此刻和李兰见面喝酒，正是因为李兰在他心目中那份与生活进行过殊死搏斗后依然稳住了自己阵脚的气质，李兰就像一个自尊的幸存者，一点也不聒噪。

"喝酒吧，咱们喝酒，说别的都没什么意思。"曾铖说。

李兰却说："今儿晚上不能陪你多喝了，家里还一堆事儿。"说着给他倒了杯啤酒。

曾铖一口喝掉了大半杯啤酒，将剩下的小半杯像摇晃着实验烧杯似的摇晃着。他无法抑制自己的焦灼，眼睛望向窗外的黑夜，感到有股说不出的困顿和失望。

李兰也不出声，默默拿下他手中的杯子，重新替他添满了酒。尽管她"家里还有一堆事儿"，但她不说。在曾铖看来，这正是李兰的可贵之处。他不想知道她的那些麻烦，他只想获得一份安慰。墙角的那个女人依然不那么起劲地扭动着。酒吧里放着低沉的背景音乐。他们并不交谈。曾铖接连点燃了三根烟后,李兰动手摘下了他指间的烟,一声不响地在烟缸里捻灭。那时,她的指尖触碰到了他的指尖。这仅仅是一瞬间的触碰,却让曾铖产生了幻觉。他感觉好像电影中回放着的慢镜头,他的手指与李兰的手指交错着,慢慢缠绕在了一起。

喝下几瓶啤酒后,曾铖主动说:"有事儿你就先回吧,我自己再坐会儿。"

李兰似乎看出了他情绪的低落,想要问,但还是欲言又止了,她起身说:

"那我先走了,你也别喝太多啊。"

曾铖向她笑笑,摆摆手。他的指尖依然留着刚刚被触碰时激发出的那份幻觉,好像只有这一部分的皮肤不属于他似的。他的心情也悬浮在指尖上那一点点的感触上,是一种难以置信的、甜蜜却又伤感的凄凉之情。自己这是患上了"肌肤饥渴症"吗?他忧郁地想。

李兰起身穿上自己的大衣,刚刚侧身站在曾铖身边,就被曾铖一把抱住了。曾铖的双手环绕在李兰的腰间,头埋在她的肚子上。这一刻,他的心被一种非常遥远和极端的情绪所驱使。他感到自己来到了某个绝望的临界点。

李兰一瞬间有些手足无措。过了会儿，才伸手摩挲着曾铖的头发。

"你没事儿吧？"她问。

曾铖的脸紧贴在她的肚子上。他认为自己此刻应该是落泪了，但其实并没有。他长出一口气，说：

"没事儿，能有什么事儿呢？"

李兰说："就是，你会有什么事儿呢？比起我的那些麻烦，你的事儿都不能算事儿。"

曾铖很怕李兰就势跟他说起自己的那些"麻烦"，那并不是他乐于倾听的，他从来就是一个惧怕麻烦的人。好在李兰并没有重新坐下的意思。被他这么拦腰抱着，李兰一时无话可说，就动手摘下了自己的围巾，搭在他的脖子上。

"这围巾送你吧，中性的，你围着也合适，就算是给你的新年礼物好了。"她说。

曾铖依旧将头埋在她的肚子上。他很想告诉李兰，这一刻，他很想吻她，想感受那种来自女性的无以复加的温柔。他还想告诉她，这种滋味，是她第一次给予了他，从此以后，他就永远地身陷在一个男人生命的困局当中了。

李兰当然无从了解他的心思，更无从去把握他的那种困局。她再一次摩挲了一下他的头，转身离开了。

墙角那个扭动着的女人不见了，像是扭着扭着就被身后的墙壁吸收掉了一样。曾铖感受着一条围巾所能给人带来的那种微不足道的暖意。他感到这会儿自己的脖子微妙地变得重了一些。他从二楼的窗口看着李兰离去的背影。霓虹灯将这个女人的影子沉甸甸地投射在石板路上，就像一条艰难移动着的、塞满了各种"麻烦"的口袋。

第二天一早，曾铖就约了雷铎见面。雷铎住在曲江，曾铖打车过去。雷铎捧着一杯咖啡，坐在一家星巴克的户外散座上等他。天气很冷，见面后曾铖问他干吗不坐在店里，雷铎很严肃地说，也只有早上这一会儿空气算是清新的，我得使劲多呼吸几口。曾铖也要了咖啡，并肩坐在雷铎身旁。

雷铎问："什么事儿这么火急火燎的，非得一大早见面？"

曾铖摸出张卡递给他，"这个你转交给李选。"

雷锋翻看了一下，打趣道："这算什么？新年红包？"

曾铖并不解释，"你说是就是吧。跟李选说，要是不够，我再给。"

"有意思了，"雷锋饶有兴味地侧身靠近一些，"这张卡该不是聘金吧？"

曾铖说："不是。不如说是罚金好了。"

雷锋的兴致更高了，连声说："跟我说说，说说，你们这到底是唱得哪一出？"

勉为其难，曾铖只好大致说了说那起事故的经过。

雷锋瞪大眼睛说："这才几天时间，你们居然就闹出了这么大的动静！你干吗要跑？当时你干吗要跑？"

曾铖双手捂着纸杯，低沉地说："我也说不清楚，当时我只觉得我要是不走，李选她能跟我玩儿命。"

雷锋说："搞不懂你们。不过我觉得你俩是不太合适。怎么说呢，嗯，看上去就没有夫妻相，不是那种感觉。"

曾铖说："是，所以只能失之交臂。车祸不过是个由头，今天不发生，明天也会发生。"

雷锋问："什么意思？"

曾铖说："命运就是这么安排的吧。"

这么说出口后，他不可避免地想起了那首诗里的句子——我爱你是因为你符合我的审美，你爱我是因为命运的安排。

雷锋的表情有些不屑，他说："哪儿有这么神秘，你们搞艺术的都太虚。"

曾铖并不反驳，他此刻就是一种对一切误解都缴械投降了的态度。他也认识到了，眼前的雷锋和他之间的关系，终究只是维系在一份遥远的童年记忆中，而半年前，他们重新联络上时的那份喜悦，说到底，也只是中年人对于早已稀缺了的友情不切实际的追念。他无法再将自己的忧愁给这个伙伴交托出去了，就像他也对这个伙伴可能有的忧愁毫无兴趣。

"还记得吗？"曾铖冷不丁问道，"小时候，我们尝过眼泪的滋味。"

雷锋反应不上来，莫名其妙地看着他问："什么意思？"

曾铖说："不记得了吗？有一次，在我家，我们说起过眼泪的味道。你坚持说眼泪就像自来水一样，是没有味道的，我还记得，后来你用手指沾了自己的眼泪，放在嘴里尝了尝，然后说——咸的。"

雷锋审慎地看着他，好像他正在布置一个陷阱。

"有过吗？我不记得了。你这会儿跟我说这个什么意思？"他说。

曾铖说："没什么意思，我就是突然想起这件事。"

雷锋吁了一声，说："是没什么意思。妈的，我倒是想知道当时我哪儿来的眼泪？"

曾铖却不再吭声了。

"万一人死了怎么办？"雷锋突然问。

曾铖吃惊地问他："什么？"

"我是说万一你撞的那个人死掉了，怎么办？"雷锋侧过身来，头靠得离他近一些，"嗯，你怎么办？"

曾铖沉默不语。这个假设他不是没有想过。咖啡的热气蒸腾着他那张凝然不动的脸。

"那样你可就玩儿了把大的！"雷锋嘿嘿笑起来，"以后长点儿记性，有些事玩儿起来是有风险的。兄弟，我看出来了，你太爱玩儿了。"

曾铖埋头啜饮着咖啡，只有他自己感觉到了自己的颤抖。透过星巴克的玻璃幕墙，他看到自己周身弥漫着那种刚刚被痛殴后的人才会有的忏悔的气息。

十四

整个过节期间曾铖基本上都是醉着的。通过雷锋转交
出那张卡后，差强人意，他算是维护住了自己那份无可救
药的虚荣心。但挫败的滋味却无法彻底根除，他只有沉浸
到酒精里，喝醉后就和李选短信往复，其实所说的，也都
是些有气无力的废话。这样就更加重了他的不真实感。有
时他会觉得自己是在和一个虚构出的人在交流，他们彼此
之间时隔将近三十年的邂逅，有些像是一场不期而至的阵
雨，倏忽来去，只留下一个模棱两可的记忆。

直到这个午后，他的心又一次被那种强烈的缺失感所
唤醒。这一刻，他痛苦极了。他觉得这么多年来，悬空着
的他，内心始终有着一块巨大的空洞，他用尽了力气试图
去填补，不断往这空洞里塞进一个又一个漂亮的陌生人，
但这块空洞却越来越大。他曾经看过一部美国电影，里面
男主人公有段内心崩溃时的独白："我曾经有过很多的女
人，玩过各种性游戏，但没有谁能填补我内心的空洞；我

是从社会的最底层中挣扎出来的，这个世界没有给过我温情，只有童年的耻辱和家庭的负担，我奋斗，我养家，但我不爱他们，因为我也没有感受过爱，所以，我也不知道爱是什么。"这段独白尽管并不完全符合他的生活，但他依然感到内心被什么东西击中了，以至于过了很久，他都能默诵出来。

他在这个午后的醉意中，再一次默诵这段电影里的独白，恍然认识到，其实很久以来，他都并没有一个所爱的对象，他所匮乏的，只是爱之本身。

此刻，他躺在一家歌厅的包厢里。昨天夜里，他独自跑到这家歌厅唱了一夜的歌。他隐约记得，这一夜，他叫了无数的小姐来陪他。她们陪着他喝酒，陪着他一首又一首地对唱着情歌，那情景，生死契阔，悲欣交集，给他造成一种自己谈了一场又一场恋爱的错觉。他在这种错觉中忘我地爱着，幸福着，当然也痛苦着，情比金坚，就像是来自梦中的解救。

包厢里暖气充足，弥漫着啤酒的酸味，屏幕上依然无声地播放着情歌的画面，男人，女人，相聚，分离。曾铖发现自己差不多是半裸着躺在一张皮沙发里，只有一条凭空而来的大围巾盖着自己的胸膛。身边的茶几上是林立着的空啤酒瓶，它们冷漠地矗立着，就像是一片很有规模的、冷漠的丛林，给人一种倔强的、硬挺着的、执迷不悟或者一意孤行的感觉。

他无意识地看着自己手腕上的那块文身，渐渐地感到有些伤心。这块文身是一个女孩的名字，他曾经把这个名字文在了自己的身上。但是，现在那个女孩的样子他几乎都想不起来了。他眼睁睁地望着屏幕上的爱情画面，耐心地等待着战胜痛苦后那宁静的瞬间。

包厢内的灯光突然熄灭，屏幕也随着一暗，情歌的画面消失了，蓝莹莹的荧屏上代之的是警方的治安宣传：严禁吸毒，严禁赌博，严禁卖淫嫖娼。这当然不是一个诗意的世界，但荧屏上的字幕多少给了他一些现实感。

曾铖迟钝地摸索出自己的手机，颤巍巍地翻出那首诗，在一种平滑的醉意中将它发送了出去。

后记：我们何以爱得踟蹰

在这个时代，几位各自经历了人间世态炎凉的沧桑男女，将如何相爱？这个问题回答起来，本身便足以令人踟蹰。当我们将"爱"规定在"这个时代"与"沧桑男女"的前提之下，问题似乎便可以推翻，并置换成另一个更为严厉的诘问：在这个时代，几位各自经历了人间世态炎凉的沧桑男女，是否还有爱与被爱的可能。

踟蹰是因为，首先我们深知"这个时代"的所有滋味。"这个时代"的一切滋味，都被我们曾经、正在、将要充分地领受着，个中甘苦，端的是如鱼饮水，冷暖自知。那么，这究竟是一个怎样的时代？如果非要给出答案，我只能如是回答：结合着"爱"的图景，这是一个"非诚勿扰"的时代，是一个电视相亲秀盛行的时代，是一个男男女女可以大大方方在屏幕上以香车宝马为资本来定价爱情的时代。在这个时代，交换，空前地成为爱情约定俗成的第一要义，理直气壮，速成又速朽着一桩又一桩的爱情。

踟蹰还因为，我们同样深知"几位各自经历了人间世态炎凉的沧桑男女"，该有何等的仓皇。谁都知道，岁月除了会赋予人一些东西，大多数时候，它更会从人身上剥夺走更多的东西。同样结合着"爱"的图景，正好比：一次次的挫败让男人女人成熟，也难免使得男人女人丧失爱的能力。这其中，究竟出了什么问题？是什么，使得我们不再葆有磊落的爱意？是什么，使得我们不再具备生死契阔的深情？如果一切人间炎凉导致出的成熟只能够如此地塑造我们，如果一切经验堆积而成的沧桑只能这般地规训我们，那么，我们还要不要爱……

这是一连串的追究，而且，几乎无解。

在这种多重的踟蹰之下，我们之所以还要来喋喋不休地谈论着爱，我想，那只是因为，对于"爱"的盼望，永远也难以从我们的生命之中涤荡而尽。在这个意义上，"那个时代"的罗敷与"这个时代"的李选，古今同慨，又几乎是没有差别的。只不过，这个时代的李选，面临着比那个时代的罗敷更为芜杂的局面——毋宁说，权力与资本在这个时代更具有锐不可当的诱惑力与掠夺性；毋宁说，这个时代的曾铖、张立均比那个时代的使君更加幽暗与叵测，欲望更加曲折逶迤；毋宁说，这个时代的李选比那个时代的罗敷更多出了许多的不甘、许多的迎难而上的果决的动力。李选以及张立均、曾铖们，与这个时代是一种共谋的关系，她乃至他们，甘愿与之达成那种"约定俗成"的互动。她，他们，当然，还有我们，即是这个时代的有机组成部分。

但我绝不是在谴责，我是在唏嘘，是在人性的复杂面前踟蹰和喟叹。

这部小说断断续续写了很久，其间各种生活的纷扰还在其次，时常中断写作的根本原因，更在于我自己心中不时生出的厌弃之情——我几乎是在时刻怀疑着，这一次的写作，真的有意义吗？以这种近乎"自然主义"的方式描述我们生命中的溃疡面，真的有必要吗？这种感觉在我的写作经验中从未有过，它直接导致出我时时升起想要放弃这部小说的念头。于是我要感谢《作家》的王小王女士，是她，以那种无与伦比的敬业精神，敦促我最终完成了这次艰难的写作——迄今为止，我的几部小长篇都是出自她的编辑，并且在《作家》这一我所敬重的刊物上刊发，这种颇具"仪式感"的巧合，坚持下来，就成为我写作生涯中的"命定"。

2015年1月5日　香榭丽